À TIRS D'AILES

Du même auteur :

L'inconnu de Sifnos / BoD-Books on Demand - 2018

L'encre bleue de Chigaga / BoD-Books on Demand - 2019

Jean-François DOMINIAK

À tirs d'ailes

et autres brèves de concours

© 2021 Jean-François DOMINIAK

Éditeur : BoD-Books on Demand
12-14 rond-point des Champs-Élysées, 75008 Paris
Impression : Books on Demand, Norderstedt, Allemagne

Illustration : Jean-François DOMINIAK

ISBN : 978-2-3222-6652-4
Dépôt légal : 06-2021

à Marion

Avant-propos

Une fois écrits, les textes doivent vivre leur vie. Qu'ils aient participé ou non à des concours de nouvelles, qu'ils y aient été primés ou non.

Peu importe.

Il faut juste les publier.

À tirs d'ailes

La nuit est noire, la lune n'est pas de sortie ce soir. Depuis quelques jours, tout s'est tu aux alentours. Pas une attaque, pas une seule canonnade. Pas un seul avion dans le ciel pour occuper le regard des gars en bas. Même pas un ballon de reconnaissance.

- Videtur mihi hac nocte perfecta, Friedrich.
- Et omnia parata est, Jean-Gustave.
- Sic fiat ![1]

Friedrich est mon ami. On le sait tous les deux, ce n'est pas bien par les temps qui courent. Mais ici, on est dans ce qu'ils appellent le no-man's land. Alors faut-il les écouter ce qui disent qu'on ne doit pas être amis ? Leurs voix ont-elles même un sens ?

No-man's land. Intraduisible, ni en français, ni en allemand, ni en latin. Pourtant Friedrich ressent la même

---

[1] - *Cette nuit me semble parfaite, Friedrich.*
  - *Et tout est prêt, Jean-Gustave.*
  - *Ainsi soit-il !*

chose que moi quand il entend ces mots, ici, au milieu de nulle part.

No-man's land. La terre sans hommes. Et pourtant il y en a des hommes ici, tout autour de nous. Et même beaucoup. Certes, ils ne sont pas très vivants ; ils sont même franchement morts. Mais quand même, ce sont des hommes. Des hommes qui étaient encore tout fraîchement vivants il n'y a pas si longtemps encore. Des hommes qui couraient vers d'autres hommes. Pas pour s'embrasser. Juste pour tuer ceux qui se trouvaient en face d'eux, et qui eux aussi couraient vers eux, pas pour les embrasser, mais juste pour les tuer. Tout ça parce que les canons n'avaient pas fini leur boulot. Alors il fallait bien aller les tuer à la main. Parce que les fusils non plus n'avaient pas fini leur boulot. Alors la baïonnette, bien aiguisée, en prenant soin de nettoyer le sillon qui permettrait au sang de s'écouler hors de la plaie. Alors la pelle, quand on se rendait compte finalement que la baïonnette c'était bien difficile à manier au bout d'un fusil qui de toute façon devenait inutile une fois les cartouches épuisées. La pelle-bêche, l'amie existentielle des tranchées que l'on creuse pour se protéger. La pelle qui bien aiguisée tranche la gorge de celui qui veut trancher la tienne. La pelle bien plus maniable, et plus fidèle. La pelle-bêche, ce bel outil de vie pour les paysans aux champs, devenue arme de mort d'une sauvagerie terrible, pire que les machettes des tirailleurs sénégalais.

No-man's land. La terre de ce qu'il reste des hommes

quand ils ont épuisé leur raison et qu'ils se retrouvent tous seuls comme des cons, les entrailles dehors à hurler le nom de leur mère qui n'y peut rien s'ils ont été aussi cons pour y venir, dans cette terre sans hommes.

C'est pourtant dans cette terre sans hommes que j'ai rencontré mon ami. Friedrich. Et c'est d'ici que nous allons mettre fin à cette stupidité. Maintenant.

Je m'appelle Jean-Gustave.

Je viens de loin. D'un village dans le Périgord, tout près de Bergerac. Et j'ai toujours aimé les oiseaux.

Quand j'étais petit, les gens ne m'aimaient pas au village parce que j'étais orphelin et que mon oncle qui m'avait recueilli n'était pas bien aimé non plus des gens du village, parce qu'il ne les aimait pas non plus les gens du village. Il faut dire que quand sa femme était partie avec le gabarier, ça lui avait fichu un drôle de coup. Elle voulait voir du pays qu'elle disait, elle en avait assez de passer sa vie à regarder la vigne faire ou non du raisin au gré des humeurs de Dieu, alors avec en plus maintenant l'orphelin de sa belle-sœur sur les bras ! Elle voulait rencontrer de la belle société et pas seulement des paysans, elle voulait vivre à Bordeaux pour aller écouter André Messager à l'opéra, elle voulait, elle voulait, elle voulait … et puis un jour, elle est partie avec un gabarier qui transportait sur la Dordogne du vin vers Bordeaux et toutes autres marchandises dans l'autre sens. Mon oncle ne s'en est jamais remis. Moi si.

Alors que mon oncle, le vin aidant, devenait de plus en plus misanthrope, je trouvais dans la convivialité de la nature un refuge salutaire aux sarcasmes des enfants de mon âge pour lesquels j'étais devenu leur souffre-douleur. Il faut croire que l'être humain a toujours besoin de mépriser et de le faire savoir pour affirmer son existence. L'école était devenue pour moi une horreur, qu'il me fallait affronter tous les jours. Jusqu'à cette année où notre instituteur me prit en amitié, non pas parce que j'étais bon à l'école, mais parce que je lui disais comment les oiseaux s'appelaient en patois, à lui, passionné d'ornithologie, un mot difficile qu'il m'apprit sans difficulté.

L'autre personne qui me fit retrouver foi en la vie fut le curé de notre village. Notre curé, comme disaient les vieilles qui n'avaient d'yeux lubriques que pour lui. Non pas qu'il m'ouvrit les portes de la Grâce, d'abord elle ne tombe pas comme ça si j'ai bien compris, mais parce qu'il m'initia à la beauté d'une langue jusqu'alors inconnue pour moi et tellement porteuse de sens, le latin.

Puisque les autres se moquaient de lui aussi, je deviendrai le plus assidu de ses cours après le catéchisme ! Et bien m'en a pris. Le Bellum Gallicum de César fut un exercice de chauffe. Les Métamorphoses d'Ovide, une révélation sur l'imbrication de la nature avec le monde des chimères et de la réalité. Le De Natura Rerum de Lucrèce, une approche scientifique du Cosmos. Et les lettres de Sénèque à Lucilius, une leçon de vie qui laisse à penser sans s'imposer.

Mais je gardais tout ça pour moi. Pourquoi partager ces joies intérieures avec des abrutis ? Ma tante avait vraisemblablement raison, même si elle avait eu tort de laisser mon oncle dans cet état. Alors, pendant des années, je restais seul à cultiver ma double passion pour les oiseaux et le latin au milieu des vignes qui constituaient désormais mon gagne-pain après que mon cher oncle ait décidé de basculer totalement dans sa folie tout en prenant soin au préalable de me donner son domaine devant notaire.

Et puis arriva le 28 juin 1914.

Je ne sais pas si Gavrilo Princip avait raison. Ce que je sais, c'est qu'après, tout le monde voulait aller en découdre avec tout le monde. Et tous avaient de bonnes raisons, qu'ils disaient. Nous, c'était l'Alsace-Lorraine. En tout cas moi, au fin fond du Périgord, je me retrouvai entraîné dans cette affaire qui me dépassait.

J'avais alors 32 ans. S'il n'avait tenu qu'à moi, je n'y serais pas allé en découdre avec les boches. Qu'est-ce que je pouvais bien en avoir à faire de l'Alsace-Lorraine et de la Patrie ? C'était quoi la Patrie pour moi, d'abord ? Certes, je lui devais l'instituteur, et même le curé bienveillant dont le sacerdoce était encadré par la nouvelle loi de 1905. Mais à part eux ? Quelques routes mal pavées ? La maréchaussée tout aussi prompte à faire respecter l'ordre qu'à venir m'agacer quand j'allais à la chasse ? De vagues dispensaires pour y soigner mes plaies ?

Un peu faible tout ça. La Patrie d'habitude, c'est quand on veut partager avec ses semblables une histoire commune, des valeurs communes, un avenir commun, que diantre ! Mais eux, mes semblables, que voulaient-ils partager avec moi ? Non, s'il n'avait tenu qu'à moi, je n'y serais pas allé.

Mais il y a eu la Mobilisation Générale.

Lorsque l'ordre arriva de nous rendre dans nos régiments d'affectation, je confiais mes vignes à mon vieil instituteur qui était resté dans le village. Il saurait s'en débrouiller durant les quelques semaines prévues pour la Guerre. Je rejoignais alors le 8ème du Génie, dans sa section de transmissions colombophiles. J'y avais fait mon temps quelques années auparavant.

Et puis ce fut l'horreur des champs de bataille, pendant des années, sans retourner dans mes vignes de peur de vouloir déserter pour y rester.

Mon régiment est chargé des transmissions. Passer des câbles pour certains d'entre nous, s'occuper des pigeons-voyageurs pour d'autres. Je fais partie de ceux-là. Soigner les pigeons-soldats, les accommoder à une nouvelle base, puis les emmener au front pour y prendre des messages à ramener, à tire-d'aile. Et recommencer, tous les jours. Que d'horreurs j'ai côtoyé durant ces allées et venues. Au point de ne plus les voir. Et puis une nuit que je redescendais du front, j'ai entendu le roucoulement désespéré d'un de nos oiseaux, perdu entre les lignes. Je l'ai tout de suite reconnu. C'était Téméraire, le compagnon d'armes de Vaillant, le héros de Verdun. Je me suis mis à ramper sous les barbelés, dans la boue. Et puis je l'ai trouvé, dans un trou d'obus. Mais à ma grande stupeur, quelqu'un s'occupait déjà de lui. Un boche. Nous nous sommes alors toisés, comprenant très vite au vu du matériel que nous transportions tous les deux que nous faisions le même travail, mais pas dans le même camp. Téméraire s'était pris du gaz dans les bronches. Il lui fallait juste respirer un peu. Le boche lui avait confectionné un petit nid avec son écharpe. Nous nous sommes regardés à nouveau. Comment communiquer ? Je ne parle pas allemand, et lui ne parle apparemment pas le français. Alors sans savoir pourquoi, j'utilisais la seule langue étrangère que je connaissais, le latin. Et Friedrich me répondit derechef dans cette même langue qu'il avait apprise durant ses études supérieures à Hambourg. C'est ainsi que nous sommes devenus amis, partageant notre désespoir face à l'absurdité de la guerre et notre passion pour les oiseaux et le latin. Nous décidâmes alors de nous rencontrer à chaque fois que le destin nous enverrait dans les parages. C'était il y a six mois déjà, et le destin fut bienveillant.

-     Sic fiat !

Nous allons donc mettre notre plan à exécution cette nuit. Le plan est simple. Nous avons établi un réseau de coulonneux-soldats sur toute la longueur du Front. Des soldats de transmissions qui comme nous en ont assez de cette boucherie humaine absurde. Des coulonneux-soldats français et boches. Nous sommes tous d'accord. Il faut envoyer un message clair à nos états-majors. Il faut leur dire qu'on ne s'en sortira pas comme ça. On ne sait pas comment, mais en tout cas pas comme ça. Alors on a mis dans la combine tous nos camarades soldats poètes, et il y en a beaucoup qui se morfondent dans les tranchées à attendre que la mort passe à côté d'eux. Et ils ont préparé plein de haïkus pour notre Grand Soir. C'est tout petit un haïku, c'est tout léger, ça s'enroule dans un petit bout de papier, idéal pour entrer dans la bague des pigeons.

- *Face à face ils s'égorgèrent / et connurent dans leur chute / la fraternelle accolade*

- *De sa poitrine déchirée / sortit en guise d'âme / un portrait de fillette blonde*

- *Saluez bas ce drapeau / on en fit l'emplette / l'autre jour dans mon bazar*

- *L'obus en éclats / fait jaillir du bouquet d'arbres / un cercle d'oiseau*

- *Le soleil entra dans la chambre / j'ai pensé à elle / et cru qu'elle pensait à moi*

- *L'escalier de bois / que nous montions tous deux / comme son écho me fait mal*

- *Ce petit éclat d'obus / qui s'est arrêté à la porte / pourquoi n'a-t-il pas osé entrer*

Ça fait une semaine que tout est prêt. Les coulonneux-soldats n'attendent que notre signal, à Friedrich et à moi, pour lancer leurs troupes. Alors je lance Téméraire remonter le Front vers le Nord avec un ruban rouge attaché dans la queue, et Friedrich fait de même vers le Sud avec Blitz. À leur vue, tous les coulonneux-soldats lanceront leurs oiseaux vers leurs bases françaises ou boches en arrière. Ils seront chargés non pas de messages décrivant la position des ennemis à canonner, mais de haïkus de peur, d'amour, ou d'espoir. Des haïkus qui changeront le monde.

Avec en prime une arme fatale : des chiures de pigeons que nos oiseaux bombarderont sur la gueule des officiers des états-majors comme nous le leur avons appris.

À tirs d'ailes !

Jean-Grégoire

C'est beau un jardin qui ne pense pas encore aux hommes.

Une drôle de phrase qui revient à la mémoire de Jean-Grégoire alors qu'il remonte doucement la voie du RER B en cette douce soirée d'été, au moment où le trafic le permet, quelque part dans la banlieue Nord de Paris, à bord de sa draisine d'inspection.

Jean-Grégoire n'avait jamais compris la signification de cette phrase malgré les explications passionnées de sa professeure de français au lycée. Quel pouvait bien être ce jardin que la belle Antigone d'Anouilh avait visité au cours de sa promenade ? Et s'il était aussi beau que le jardin d'Éden, pourquoi n'y était-elle pas restée ?

Les jardins, il les connaissait Jean-Grégoire. Enfin surtout pour en avoir entendu parler par son père et son grand-père, qui comme lui avaient fait leur carrière professionnelle dans les chemins de fer. L'un comme directeur régional de réseau et l'autre comme chef de gare, fonctions qui s'accompagnaient de la dotation outre d'un logement de fonction, de celle d'un jardin d'agrément installé sur les enclaves ferroviaires.

C'est beau un jardin qui ne pense pas encore aux hommes.

Pourquoi cette phrase lui trotte-elle en tête ce soir ? Peut-être parce qu'il est seul à bord de sa draisine et que l'atmosphère de cette soirée lui rappelle celle de celles qu'il passait avec le père dans le jardin. C'était une heure ou deux avant que le soleil ne se couche, entre le moment où le père quittait son travail et l'heure du dîner que la mère leur préparait. Le père quittait toujours son bureau vers la même heure, à de rares exceptions près motivées par des incidents d'exploitation de dernière minute. Jean-Grégoire guettait son arrivée à la maison depuis sa chambre où il faisait ses devoirs d'école, en lui laissant le temps d'aller se changer pour se mettre en tenue de jardinier.

- J'ai fini mes devoirs, je peux venir avec toi ?
- Bien sûr, fils.

Le père parlait peu, peut-être pour se reposer des journées de travail au cours desquelles sa fonction lui imposait de parler beaucoup. Et lorsqu'il allait au jardin, il ne parlait pratiquement pas. Jean-Grégoire sentait toutefois qu'il y était heureux. À peine passée la grille de l'enclos, le visage du père s'illuminait d'un sourire. Il ouvrait la cabane à outils dont il retirait celui qui convenait, sans hésitation, comme s'il s'agissait d'une action préméditée depuis la veille. Puis d'un regard circulaire, il cherchait quelle tâche il pourrait confier à Jean-Grégoire.

-   Va désherber ce coin-là, en faisant bien attention de n'enlever que les mauvaises herbes.

Jean-Grégoire s'attelait alors à la tâche avec entrain. Puis l'heure du dîner approchant, le père rangeait les outils, après les avoir bien nettoyés, et venait inspecter le travail de Jean-Grégoire, qu'il gratifiait d'un « c'est bien, fils » même si quelques pousses de radis ou de ciboulette accompagnaient malencontreusement les mauvaises herbes arrachées.

C'est beau un jardin qui ne pense pas encore aux hommes.

La phrase lancinante hante l'esprit de Jean-Grégoire

au moment où il découvre un aiguillage qu'il n'avait jamais remarqué jusqu'à présent. Jean-Grégoire arrête sa draisine, en descend et poursuit à pied le long de la voie désaffectée qui s'en va au-delà de l'aiguillage. Des herbes hautes recouvrent les traverses en bois et les rails. Au bout d'une centaine de mètres, des ronces et des petits arbustes obstruent totalement la voie. Jean-Grégoire arrive tout de même par s'y frayer un passage.

De l'autre côté, un grand jardin s'étend devant Jean-Grégoire, traversé par la voie de chemin de fer sur laquelle une petite plateforme en bois montée sur un vieux bogie à quatre roues sert apparemment de brouette aux jardiniers. Sur la gauche, un verger. Avec des pommiers et des cerisiers. Sur le côté, exposés au sud, des poiriers bien taillés viennent s'agripper le long d'un petit mur en brique qui réfléchit la chaleur. Sur la droite, un potager. Des rames de haricots, des radis, des carottes et des salades, encore tous en rangs serrés à cette époque de l'année. Juste après, des plants de tomates qui commencent à pousser. Tout autour, en bordure, des herbes aromatiques. Thym, fines herbes, persil, basilic. Et bien évidemment un peu partout, des fleurs.

Jean-Grégoire en a le souffle coupé. Que vient faire ce jardin ici, dans cette friche ferroviaire du nord de

Paris ? Comment se fait-il qu'il ne l'ait jamais remarqué jusqu'à présent ?

Au fond du jardin, sur la droite, un petit carré de pelouse. Dans un coin, une cabane verte avec devant, un banc, deux chaises et une table en fer à laquelle est installé un homme qui le regarde.

- Viens t'asseoir, fils, nous avons bien travaillé ce soir. Et la mère ne va pas tarder. Pour une fois, nous allons tous dîner ensemble ici dans le jardin. Parce que c'est un bien beau jardin, qui n'a plus besoin de penser aux hommes.

Le lendemain, on lisait un fait divers étrange dans le Journal des Parisiens :

Un véhicule d'entretien ferroviaire a été trouvé renversé en travers de la ligne B du RER à hauteur d'un ancien aiguillage menant à une ligne désaffectée. Le trafic a été interrompu pendant deux heures, puis a repris normalement. On ignore ce qu'est devenu l'employé des chemins de fer qui était en charge de l'inspection de la voie la nuit dernière et qui était à bord de ce véhicule.

Gisèle

- Bonsoir mon amour.
- Ah non, je rêve ! Vous ici ? Je croyais que les murs étaient épais.
- Je vous aime.
- Et alors, est-ce une raison suffisante pour profiter d'une brèche dans le mur pour venir me le chuchoter à l'oreille ?
- Je pense que oui.
- Et si votre présence m'insupporte ?
- La vôtre ne m'insupporte pas.
- Je vous battrai froid alors.
- Si vous voulez, mon amour, j'ai l'habitude.
- Pourrions-nous en finir, une bonne fois pour toute ?
- Vous pouvez essayer, mon amour. Mais je doute que ma passion s'éteigne. Surtout maintenant.

Ils n'arrêteront donc jamais de se chicaner ces deux-là. Je vais vous raconter.

Jean-Albert n'avait jamais compris les femmes. D'aucuns disaient qu'il n'avait jamais compris les hommes non plus. Et lui-même émettait des doutes sur sa compréhension de lui-même. Il se voulait un être ouvert au temps qui passe, réceptacle du hasard. Accueillant et gentil. La vie lui montra que ça ne marchait pas ainsi. Mais Jean-Albert n'en avait cure. Et il persévéra.

Dès sa naissance, quelque chose lui échappa. Alors qu'il sortait tout bleu du ventre de sa mère et que sa respiration refusait de passer de l'apnée euphorique à la senteur délétère de l'atmosphère terrestre, un troupeau de sages-femmes se mit en tête de l'amener à la vie à grands coups de claques sur les fesses. Il faut dire que pour elles, il ne s'agissait pas de l'amener à la vie, mais plutôt de le ramener à la vie. Première incompréhension. Le vocabulaire est une arme terrible de mort et de vie. Il le découvrit derechef, même si le sien de vocabulaire était plus que balbutiant … quoi que, est-on vraiment balbutiant quand on vient au monde, ou bien fait-on mine de l'être afin d'oublier au plus vite ce monde cauchemardesque dans lequel nos parents nous plongent sans nous demander notre avis. Oublier ce monde au moment où on y entre, avec cette conscience de l'instant qui ne sera plus. Oublier ce monde, pour ne vivre que le sien, au fond de soi. Et balbutier.

Je m'égare. Revenons à notre sujet principal, Jean-Albert et son incompréhension des femmes.

Après une naissance tumultueuse, Jean-Albert vécut une enfance tranquille. Troisième fils d'une fratrie qui compterait un jour jusqu'à quatre fils, il était celui qui aurait dû être la fille ou la sœur, en fonction de l'angle généalogique pris. Autant dire que sa personnalité profonde, celle que l'on dit qu'elle marque à tout jamais l'individu, celle dont ne sont responsables que les plus grands qui vous entourent au moment de votre naissance, était pour le moins ambiguë. Fille ou fils ? Sœur ou frère ? Nana ou mec ? De surcroît, arrivé bien après les deux aînés et bien avant le dernier, Jean-Albert se retrouvait dans la situation de l'exilé politique dont on ne sait jamais s'il fait vraiment partie de la même nation que ceux qui l'ont accueilli. Mais à la différence des exilés politiques, Jean-Albert s'en fichait de ne pas être mieux accepté. Au contraire même, cette tolérance aimable lui permettait de rester dans son monde, celui d'avant qu'il devienne bleu.

Car il faut que je vous dise à ce stade du récit : Jean-Albert était resté bleu depuis sa naissance. Les sages-femmes n'étaient pas en cause. Elles avaient fait tout leur devoir avec le plus extrême professionnalisme. Mais Jean-Albert, dans l'instant de lucidité qu'il avait eu avant de sombrer dans l'anonymat de sa vie à venir, avait décidé de rester bleu. Juste pour rester différent. Juste pour rire un peu. Le problème, c'est qu'après cet instant de raison, il avait oublié que c'était lui qui avait décidé de rester bleu. Et il était donc resté bleu. Sans savoir pourquoi.

L'enfance de Jean-Albert ne fût pas si difficile à vivre pour lui. Certes, sa peau bleue lui valait de nombreuses remarques hostiles : depuis le regard interloqué des adultes, jusqu'aux quolibets des enfants de son âge. Mais ses parents avaient le chic de retourner les situations en mettant le doigt sur les propres difformités des moqueurs, car comme chacun sait, nous avons tous des difformités. De surcroît, Jean-Albert était particulièrement brillant à l'école, raflant tous les premiers prix dans toutes les matières, y compris en natation, en escrime et au violoncelle. Jean-Albert était un très bon élève, n'en déplaise à tout le monde. Et ceci n'arrangeait pas ses affaires au plan social. Jean-Albert n'avait pas d'amis. Mais il s'y était fait, et il trouvait tout autant de satisfaction dans ses études et dans la découverte du monde.

Et puis un jour, il croisa le regard de Gisèle.

Il devait avoir dix-huit ans. Elle en avait tout autant. Désabusé d'être si excellent dans ses études, il avait opté après l'obtention du Baccalauréat en section scientifique pour une formation de luthier dans un institut spécialisé en la matière. Personne ne comprenait ce choix, y compris son professeur de philosophie qui l'encourageait plutôt vers une carrière dans les entreprises. Mais après mûre réflexion, Jean-Albert pris sa décision : il deviendrait luthier. Et il le devint. L'un des meilleurs de son temps.

Gisèle était un peu pareille. Certes, sa peau n'était pas

bleue. Bien au contraire, elle rassemblait en elle-même tous les canons de la beauté auxquels un mâle occidental de l'âge de Jean-Albert pouvait rêver à cette époque. Je vous laisse imaginer. Mais elle avait vécu son enfance de manière solitaire, pour tout un tas de raisons dont le récit détaillé ne viendrait qu'alourdir ici le propos sans pour autant apporter quelque chose à l'intrigue.

Donc, un certain matin d'octobre, Jean-Albert et Gisèle se retrouvent côte-à-côte sur les bancs de leur école de lutherie perchée au fin fond des Vosges, comme il se doit. Gisèle s'installe en gratifiant Jean-Albert d'un « bonjour » si étincelant que Jean-Albert en chavire. C'est la première fois que quelqu'un le salue ainsi sans appréhension. Lui-même répond à ce salut. Le cours s'engage, présentant aux étudiants qui ont eu la chance d'être sélectionnés le contenu des années qu'ils vont vivre dans l'institut. Gisèle est très concentrée. Jean-Albert n'a d'yeux que pour elle. Le cours arrive à son terme.

- À tout à l'heure à la cantine, lui ordonne Gisèle.
- Heu, oui. À tout à l'heure.

Ainsi naquit l'amour fou de Jean-Albert pour Gisèle.

Ils passèrent leurs trois années de formation en bon camarades, Jean-Albert passant ses nuits à rectifier les tables d'harmonie des guitares et autres violons et violoncelles que la vie fougueuse de Gisèle laissait en plan, courant d'aventure amoureuse en aventure amoureuse. Elle avait dix-huit ans, et n'était pas bleue, elle. Jean-Albert sortit évidemment major de sa promotion au bout de ces trois années de formation. Quant à Gisèle, elle reçut sans sourciller le premier prix des tables d'harmonie. Le soir de la remise des prix, Gisèle céda enfin aux avances de Jean-Albert. Leur nuit lui fût inoubliable. Le lendemain, Gisèle avait disparu.

Jean-Albert allait entreprendre une carrière internationale hors du commun. Luthier des plus grands musiciens, il voyagerait de par le monde pour soigner leurs instruments de musique au gré de leurs concerts. Mais dans un premier temps, la disparition abrupte de Gisèle l'avait terrassé. Pendant deux ans, il avait mis entre parenthèses son avenir professionnel pour errer en stop à travers l'Europe. Puis il était revenu à Paris où l'un de ses rares amis d'études avait ouvert un atelier de lutherie rue de Rome avec l'argent d'un héritage. C'est là où Jean-Albert acquit sa notoriété, créant des instruments de musique fabuleux dont l'aspect et la sonorité étaient rehaussés par le vernis de couleur bleu dont la recette lui avait enseignée lors de son errance par un maître luthier grec dans une île des Cyclades.

C'est ainsi qu'il retrouva par hasard, un autre matin d'octobre, bien des années plus tard, Gisèle.

Mariée à un célèbre violoniste, elle ouvrit ce matin-là la porte à Jean-Albert qui venait soigner l'un des instruments du maître. Elle n'avait pas changé, toujours aussi belle, même si sa mine traduisait une tristesse profonde. À peine elle le vit, qu'elle tomba dans ses bras. C'est qu'elle avait tant à lui dire, de sa vie qui l'avait déçue, de son avenir sans sens, de sa lassitude de tout. Lui, l'entendait à peine, subjugué par tant de beauté et submergé par son amour envers elle qui ne l'avait jamais quitté. Ils devinrent amants le soir même, l'artiste étant en concert à l'autre bout du monde.

L'idylle dura quelques années et jamais violon ne fût mieux soigné que celui du maître. Puis un jour Gisèle obtint ses papiers de divorce et s'installa le lendemain chez un chef d'orchestre coréen qu'elle épousa une semaine plus tard. Elle disparut à nouveau de la vie de Jean-Albert qui n'avait rien vu venir.

Dévasté pour la seconde fois, Jean-Albert céda ses parts de l'atelier de lutherie de la rue de Rome à son associé, rassembla ses économies et reprit la route. Mais cette fois-ci à bord d'un camping-car dont une partie était aménagée en atelier de lutherie. Travaillant pour une somme modique sur les places de marché, il occupait ainsi son esprit pour échapper aux tourments de son amour déçu. Il gardait tout de même le contact avec le monde musical via internet, et suivait notamment les déplacements du chef d'orchestre coréen qui lui avait ravi sa belle.

Le hasard, encore lui, voulut qu'il retrouve Gisèle sur le marché de Sainte Foy la Grande, un jour de mai. Accompagnant son mari en concert à Bordeaux, elle avait prétexté une envie d'aller rendre visite à une vieille connaissance dans les environs, ce que ledit mari goba en sourcillant quand même. Gisèle se rendit alors au marché où Jean-Albert avait installé ce jour-là son atelier itinérant de lutherie. À peine Gisèle aperçut-elle Jean-Albert qu'elle se précipita dans ses bras. Leurs retrouvailles furent une fois encore vibrantes. Gisèle raconta sa triste vie à Jean-Albert, faite d'une soumission totale à son mari qui exigeait qu'elle l'accompagne dans tous ses déplacements. Elle en avait assez, et avait décidé de lui faire faux bond en profitant d'un de ses déplacements à Bordeaux pour aller se réfugier chez une amie à Sainte Foy. Mais elle avait découvert en y arrivant que cette amie n'y habitait plus. Que faire ? Il n'en fallut pas plus pour faire bondir de joie le cœur de Jean-Albert qui lui proposa immédiatement de l'emmener chez lui, dans un village proche au milieu des vignes où il avait fini par se poser, ce qu'elle accepta bien évidemment. Les jours qui suivirent furent les plus merveilleux de sa vie pour Jean-Albert. Sa belle était vraiment belle, même s'il sentait bien que quelque chose la travaillait sans cesse. Et puis la radio annonça l'assassinat du chef d'orchestre coréen en plein centre de Bordeaux. La police mit rapidement la main sur le tueur qui avoua être à la solde de Gisèle. Elle en prit pour seulement cinq ans, en apitoyant le jury sur son cas de femme soumise, récit qui passa d'autant mieux qu'elle l'agrémenta de la révélation de sa passion amoureuse secrète pour Jean-Albert, l'homme bleu.

Jean-Albert vint lui rendre visite toutes les semaines à la prison. Gisèle n'exprimait aucun sentiment, restant froide à sa compassion. Elle attendait seulement de finir son temps, en remerciant aimablement Jean-Albert de venir lui tenir compagnie de temps en temps et de lui apporter des douceurs qui améliorent l'ordinaire de sa vie carcérale. Jean-Albert en avait pris son parti, mais ne comprenait pas une telle froideur. Trois ans plus tard, ce fut pour Gisèle, qui bénéficia d'une remise de peine pour bonne conduite, la libération. Jean-Albert l'attendait à la porte de la prison. Il était là, comme toujours. Mais cette fois-ci, elle ne se jeta pas dans ses bras. Elle lui dit de s'en aller, qu'elle ne l'aimait pas, qu'elle ne l'avait jamais aimé. Elle tourna les talons, laissant Jean-Albert incrédule. Cinq jours plus tard, il apprenait par la presse locale que Gisèle avait été retrouvée assassinée non loin de son village, probablement par la famille de son tueur à gages qui n'avait pas apprécié d'avoir été payé pour ses services en faux roubles. Aucune famille ne s'étant manifestée pour récupérer le corps, Jean-Albert obtint du maire de son village qu'elle soit enterrée dans le cimetière de la commune. Il prendrait bien évidemment en charge les frais des funérailles.

C'est à cette époque que je devins l'ami de Jean-Albert.

La disparition de Gisèle l'avait rendu encore plus taciturne, et j'avais beau lui faire comprendre comment elle s'était bien servie de lui depuis leur rencontre de jeunesse, rien n'y faisait. Pourtant, lorsqu'on y réfléchissait bien, depuis les tables d'harmonie, jusqu'à l'alibi du crime passionnel, en passant par la motivation du divorce, tout démontrait les manœuvres de Gisèle ; et toutes ses rencontres inopinées avec Gisèle ne devaient rien à son cher hasard, mais avaient été totalement organisées par sa belle. Mais non, rien n'y faisait, et la chimère amoureuse de mon ami l'emportait sur la réalité de la manipulation de Gisèle.

Les années passèrent. Nous nous retrouvions souvent ensemble pour parler de choses et d'autres, et toujours Jean-Albert trouvait le moyen d'évoquer son amour insensé pour Gisèle. Et puis un jour, il cessa de vivre. J'ouvris alors la lettre qu'il m'avait remise quelques jours avant, sentant sa mort proche. Il souhaitait notamment être enterré dans un tombeau jouxtant celui de Gisèle, sur la parcelle qu'il avait réservée à cet effet au moment de ses funérailles. Il voulait que ce tombeau soit de couleur bleue. Et plus étrange, il voulait que je me débrouille pour que sa construction provoque inopinément et secrètement une brèche dans les murs mitoyens des tombeaux de Gisèle et du sien.

Je m'exécutais de bonne grâce, d'autant que, je peux vous le dire maintenant, je suis le fossoyeur du village. C'est pour ça que je sais entendre les morts quand ils parlent.

- Je ne vous aime pas.
- Ce n'est pas vrai.
- Si je vous assure.
- Admettons. Mais je n'y crois pas. Vous finirez bien par m'avouer votre amour.

- Vous vous lasserez.
- Je vous aime.

Un jour peut-être, je dirai à Gisèle que Jean-Albert m'a légué les revenus de ses brevets sur les vernis des instruments de musique. La somme est colossale.

Gisèle ne s'en remettra pas.

La petite porte au fond du jardin

Jean-Grégoire se sentait devenir vieux.

Depuis bien longtemps, il ne fêtait plus ses anniversaires, comme pour tromper le temps ; le temps qui lui s'en fichait et continuait de passer, sans besoin d'être célébré à dates fixes.

Pourtant Jean-Grégoire avait été jeune, lui aussi. Et même tout petit.

C'était dans le nord de la France, un petit village traversé par une route nationale bordée de champs de betteraves ponctués deci delà d'aires de repos éternel anglaises, canadiennes, françaises, voire allemandes mais plus discrètes, et coupée par un grand canal rempli d'eau.

Des betteraves, des croix de morts, une voie fluviale qui remontaient aujourd'hui à sa mémoire alors qu'il croisait le panneau signalétique annonçant l'entrée du village, au hasard d'un déplacement professionnel en voiture dans la région.

Un village bien plus petit que ce qu'il avait gardé dans ses souvenirs. Une école bien plus proche de sa maison que le chemin pour y aller ne le lui laissait croire dans sa mémoire. Un chemin qu'il empruntait à pied à nouveau, après avoir garé sa voiture à côté de sa maison d'enfance. Sa maison qu'il avait quittée bien des décennies plus tôt pour suivre ses parents, tout petit qu'il était, ailleurs, loin d'ici, dans une autre vie.

Tout était là, ramassé, confus. Tout était là, sauf les odeurs de son enfance. L'odeur du charbon de bois qui couvait sous de grandes mottes de terre. L'odeur de la terre fraîchement remuée par les bulldozers qui creusaient le futur canal. L'odeur de l'huile de vidange du garage automobile sur le chemin de l'école. Tout avait disparu.

Même le goût du clou de girofle lorsque le dentiste lui réparait ses dents juvéniles et qu'il fallait être bien brave à l'époque pour se laisser réparer ainsi ses dents en échange d'une voiture miniature, si possible en fer plutôt qu'en plastique. Mais c'était bien aussi d'aller chez le dentiste, dans la ville d'à côté, celle où il était né sans y être resté plus que quelques jours puisque c'est là-bas que se trouvait la maternité. C'était bien parce que le père l'y emmenait tout seul en voiture, et Jean-Grégoire le vivait comme un privilège de partir avec lui sans la mère ni les frères. Il avait le droit de monter devant à côté du père, dans la Dauphine qui plus tard deviendrait Renault 8. Il se devait alors d'être à la hauteur du courage qui lui était demandé. Et il l'était. Toujours. Et la voiture miniature était toujours au rendez-vous, elle aussi. Le retour pouvait alors être triomphant auprès des frères et de la mère.

Petit à petit les souvenirs lui reviennent en tête. Mais pas encore les odeurs, ni le goût du clou de girofle, ni celui de la rhubarbe du fond du jardin. Toutes ces senteurs qui faisaient partie de son enfance, de sa vie, qui les lui avait dérobées ?

Jean-Grégoire se présente à l'homme devant sa maison. Il lui explique qu'il y habitait il y a bien longtemps et lui demande s'il peut entrer dans le jardin, qu'il ne veut pas déranger mais que ça lui ferait réellement plaisir, juste un instant. L'homme lui répond que oui, qu'il peut entrer et prendre le temps qu'il veut, vu que cette maison n'est plus habitée, qu'il en a les clefs parce que les propriétaires les lui ont données pour qu'il entretienne le jardin, et qu'ils n'ont plus donné signe de vie depuis bien des années, mais que lui continue d'y cultiver ses légumes et d'y élever ses poules et ses lapins, et que vous avez une bonne tête, et que n'oubliez pas de pousser la porte en repartant s'il vous plaît, je viendrai fermer plus tard, même si je pense que la nostalgie n'est pas un bon remède à l'angoisse du néant vous savez, monsieur.

Jean-Grégoire le remercie de sa sollicitude et franchit la porte qui sépare la maison de la route nationale.

Étonnamment, la maison qu'il a devant lui ne lui rappelle rien. Avait-elle deux étages comme actuellement, ou bien seulement un seul ? Était-elle seulement de plain-pied ? Le bain se prenait-il au premier étage ou au rez-de-chaussée, voire à la cave ? Le jardin, lui, est toujours là. Le père a toujours eu la passion de son jardin. Comme une nécessité vitale. Comme une transcendance ancestrale venue de ses racines polonaises paysannes et plus proche, du jardin de son père mineur de fond qui y faisait pousser pommes de terre, carottes et haricots, mais aussi quelques fleurs rouges, bleues et jaunes. Comme un lieu où la pensée vagabonde, où le temps est celui du végétal, qui pousse à son rythme, et qui embaume les saisons à loisir pour attirer les insectes au moment de la pollinisation, ou tout simplement pour plaire au jardinier lorsque tout est bien en ordre et que les fruits et les légumes vont apparaître demain.

Odeurs du présent, parfum du souvenir. Odeurs de l'instant, parfum que l'on porte sur soi et puis en soi, des années durant. Odeurs qui s'imposent, parfum que l'on choisit de garder avec soi. Odeurs qui disparaissent, parfum qui s'évanouit seulement le temps d'un oubli passager et qui ne demande qu'à revenir.

Ces odeurs sont bien là, dans ce jardin. Mais elles ne forment pas encore ce parfum qui remonte petit à petit vers Jean-Grégoire. Odeurs de fleurs de potiron, de radis, de choux, de salades. Odeurs de persil, de thym, de laurier. Odeurs de compost, de vase et de ruisseau qui coule en bordure du jardin. Mais il manque encore quelque chose pour faire un vrai parfum qui englobe tout, les odeurs et le temps qui passe.

Alors aller un peu plus loin, au fond du jardin. Oser affronter la frontière, celle qui fixe l'interdit. Oser se rapprocher de la petite porte grillagée qui s'ouvre vers l'autre côté. Odeur de rhubarbe. La limite au-delà de laquelle on ne doit pas aller, on ne peut pas aller. La frontière de l'interdit, fixé par le père.

Jean-Grégoire s'approche. Il tremble. De peur. Envahi par toutes les odeurs qui reviennent à lui. La tête lui tourne. La rhubarbe agit comme un point d'orgue rassemblant dans un même coin de sa tête toutes les odeurs de son enfance. Jean-Grégoire s'approche de la petite porte grillagée. Il y pose sa main droite. La porte s'ouvre, sans qu'il ait eu besoin d'en actionner la poignée.

Que faire. Y aller ? Braver l'interdit ? Jean-Grégoire ferme les yeux. Et ce ne sont plus de simples senteurs qui l'envahissent désormais. C'est un parfum. Énorme. Fait de toutes ces senteurs et de bien plus d'autres choses encore. Fait d'histoires et de souvenirs. Un parfum qu'il porte depuis tant d'années, sans le savoir. Un parfum qu'il transporte, en dedans de lui. Mais il manque encore quelque chose. Ce n'est pas tout à fait le parfum dont il a le souvenir. Il lui manque une note, ou plutôt des notes. Des notes de musique. Ces notes de musiques qui ne cessent de s'assembler dans sa tête depuis ce matin, tenaces, et qui maintenant composent un air qu'il connaît bien. Un air qui raconte son histoire, à lui, Jean-Grégoire.

Allons ! se dit-il pour se donner du courage. Et il franchit la petite porte grillagée, celle qu'il n'avait jamais osé franchir quand il était là, devant elle, tout petit, il y a si longtemps. A l'instant, les cors tapis dans l'ombre se mettent à résonner, menaçant. Pourtant la flûte légère gazouille et la clarinette fait mine que tout va bien. Au loin, le hautbois barbotte, un peu mélancolique. Et même si le basson prodigue ses conseils de prudence, les violons emportent Jean-Grégoire dans les prés qui s'ouvrent devant lui, verts et chaleureux. Il fait doux. Les papillons batifolent, les fleurs des pissenlits explosent de jaune et les coquelicots de rouge. Mais soudain tout s'embrouille. Le hautbois panique, la flûte et la clarinette s'évaporent et les cors triomphent, assourdissants.

Pris de panique, Jean-Grégoire se met à courir, à courir, droit devant lui. Une panique incontrôlable. Il ne fallait pas franchir la grille. Il le savait pourtant. Il ne fallait pas. Courir, plus vite encore. Mais c'est trop dur. Alors grimper dans l'arbre. Là. Tout en haut.

Jean-Grégoire peut enfin reprendre son souffle, puis ses esprits. La flûte, le hautbois, la clarinette, le basson et les cors se remettent à discuter tranquillement entre eux. La quiétude revient. Jean-Grégoire peut alors fermer les yeux. Ce ne sont plus seulement les senteurs de rhubarbe, de légumes et de fleurs du jardin du père qui sont maintenant là. C'est tout un parfum. Un parfum qui les rassemble. Un parfum qui le traverse.

C'est alors que la timbale et la grosse caisse apparaissent dans un fracas épouvantable, surgissant d'on ne sait où. Dans une tentative désespérée, Jean-Grégoire leur fait signe de s'arrêter. Mais rien n'y fait, leur bruit se fait de plus en plus terrible qui écrase tout sur son passage. Il ne les a jamais aimées. Elles ont toujours tout gâché, à chaque fois. Si seulement elles pouvaient le laisser en paix cette fois, avec ses amis flûte, hautbois, clarinette, basson et même cors. Alors il lutte contre elles, fait de grands signes du haut de la branche où il s'est réfugié. Et ce qui devait arriver arriva : Jean-Grégoire tombe de sa branche et se fracasse le crâne en arrivant en bas.

-    Monsieur, monsieur, dit l'homme qui lui avait ouvert la porte du jardin hier. Monsieur, ça va ?

Jean-Grégoire le voit et l'entend. Il est étendu au pied de l'arbre, de l'autre côté de la frontière interdite. Cela fait plusieurs heures qu'il est là, gisant sans connaissance, au pied d'un arbre qu'il croît être un pommier. C'est bizarre par ici, un pommier, se dit-il. Sa vue se trouble. Il ne ressent rien. Ni mal, ni angoisse. Rien.

-       Monsieur, monsieur, ça va ?

Son ouïe disparaît maintenant, tout doucement. Seule la petite musique de Pierre et du Loup trotte dans sa tête. La musique qui lui a fait redécouvrir le parfum. Le parfum qu'il cherchait depuis si longtemps dans ses souvenirs et qui dessine à présent un sourire sur son visage.

Le parfum de l'after-shave de Papa.

J'hésite

Longtemps, ils ont fait un usage immodéré de l'eau. Et aujourd'hui les sources sont taries, les rivières asséchées. Les nuages ne veulent plus lâcher leurs pluies. Pourtant, nous les avions bien prévenus. Mais ils ne voulaient rien entendre. Faut-il maintenant s'en remettre aux prières et aux danses pour implorer le ciel ?

On pourrait essayer, mais les dieux ne voudront pas entendre.

Ils sont trop loin maintenant. Je les connais. Ils se sont lassés et sont passés à une autre planète. Et quand bien même ils voudraient entendre, que pourraient-ils faire ?

Le Cosmos est infini, sans commencement ni fin. Et les dieux aussi nagent dans cette mélasse insondable. Certains pourraient peut-être être sensibles aux charmes de telle ou telle vestale, ou bien vouloir profiter de la situation pour nourrir leur ego en s'amusant de la soumission aveugle de masses humaines incapables d'assumer leur solitude. Ils pourraient alors perturber un peu la météo, faire tomber quelques gouttes de pluie. Mais de là à rebâtir tout un écosystème, ce serait un trop grand travail. Et les dieux n'aiment pas travailler. Ils s'ennuient vite.

Moi, j'ai la solution. Mais j'hésite.

Je veux tout d'abord vous raconter. Car je suis quand même le mieux placé pour ça. Souvenez-vous. Ils aimaient bien l'humanité au début, les dieux. Certes, ils avaient créé les hommes pour les mettre à leur service et pour se divertir en les lançant dans des aventures épiques. Certains allaient même jusqu'à s'encanailler avec eux. Et puis les hommes avaient commencé à prendre des libertés. Ils devenaient turbulents et organisaient des fêtes incessantes. Ils faisaient tellement de bruit, de jour comme de nuit, que les dieux n'arrivaient plus à dormir. Alors les dieux avaient décidé de mettre fin à tout ça d'un coup, avec un bon Déluge. Au dernier moment, l'un d'entre eux se ravisa et fit en sorte qu'un minimum d'êtres humains et d'animaux fut sauvé des eaux dans une barcasse. Et tout était ensuite reparti.

Aujourd'hui, c'est l'inverse qui se produit. Il n'y a plus d'eau. Nulle part. Et quand il n'y a plus d'eau, il n'y a plus de vie, sur Terre tout du moins. Et les hommes redeviennent des êtres sauvages qui s'entretuent pour être les derniers à rester sur Terre.

Après le Déluge pourtant, on aurait pu croire que l'humanité se serait assagie, qu'elle aurait tiré les leçons du désastre auquel elle avait échappé de peu. Mais elle était devenue avant tout craintive, allant même pour se rassurer jusqu'à s'inventer l'histoire d'un Dieu unique, des fois que les vrais dieux recommencent à s'amuser avec eux pour tromper leur ennui. Les hommes ont toujours un temps de retard sur l'histoire du monde. C'est affligeant. Les dieux, eux, ont continué de rigoler en voyant ces hommes qui non contents de s'être trouvé un Dieu unique, ont ensuite voulu se raconter des histoires de prophètes. Pour autant, les hommes n'arrivaient pas à se mettre d'accord entre eux pour faire coexister tous ces personnages même si parfois leurs histoires étaient communes. Dans le même temps, d'autres hommes, dans d'autres coins de la planète, continuaient d'avoir l'intuition de l'existence de dieux multiples. Ils leur donnaient des formes extravagantes qui faisaient bien rire mes dieux. Des hommes à tête d'éléphant, des femmes à bras multiples, des tortues portant la Terre. Au bout du compte, tout aurait pu baigner dans le bonheur, puisque chacun voyait dans l'institutionnalisation de ses convictions quelque chose de rassurant, une réponse à sa propre angoisse face au Cosmos, à la vacuité de son âme.

Mais c'était sans compter l'apparition d'une nouvelle idole qui allait bien vite ravir les hommes. Mes dieux

eux-mêmes ne l'avaient pas vu venir. L'Argent, et sa religion associée, le Capitalisme.

Elle était plutôt cool au début, cette religion. Même gentille. Pensez donc : permettre à ceux qui avait de l'argent d'aider ceux qui avaient des idées à les transformer en choses qui amélioreraient la vie des hommes. Car il faut toujours de l'argent pour transformer les inventions en véritables choses. Sauf que bien vite, ceux qui en avaient de l'argent, ont voulu en avoir davantage, juste par plaisir d'en avoir davantage, pour s'occuper. Alors, ils se sont persuadés que cet argent se devait de croître sans cesse, qu'il serait immoral de le laisser végéter. C'est alors que l'argent a acquis le rang de dieu. Et que la majuscule s'imposa : l'Argent.

Au début, ça ne posait pas de problème. Les entrepreneurs développaient leurs produits et services sur des marchés vierges et généraient de beaux profits. Les capitalistes, comme on nommait alors les adeptes de la religion Capitalisme, étaient rassurés : leur dieu Argent devait être certainement satisfait de leur travail, il le leur rendrait bien, c'est sûr. Et puis les affaires devinrent plus difficiles, la concurrence, qui bientôt aurait aussi l'honneur de s'écrire avec une majuscule, venant troubler un jeu jusqu'alors trop facile. Alors les capitalistes inventèrent un autre concept religieux : la rentabilité à terme. Un concept permettant de faire croire que même si une entreprise n'est pas rentable tout de suite, elle le sera un jour. Peu importait dès lors que les inventions servent à quelque chose. Il suffisait qu'elles fassent rêver les investisseurs. Juste histoire de leur soutirer leur argent pour augmenter le leur.

Et l'eau là-dedans, me direz-vous ? Ne vous impatientez pas. Il faut d'abord comprendre.

A cette époque du Capitalisme naissant, puis industriel, et enfin financier, il restait encore des peuples qui n'étaient pas au fait de tout ce tintamarre qui commençait à agacer mes dieux. Des peuples qui étaient restés en contact avec les dieux originaux. Certes, ils leur avaient donné des habits nouveaux. Des habits plus raisonnables, en fait. Ils les appelaient le soleil, le vent, la pluie, la terre, ou encore l'herbe des prairies. Des shaman organisaient les rituels, car il en faut bien, des rituels et des shaman, pour que les hommes échappent à leurs angoisses. En tout cas, ces peuples avaient compris qu'il n'y avait d'autre salut pour les hommes que dans une communion avec la nature. Ils se nourrissaient harmonieusement de la Terre, qui le leur rendait bien volontiers. Leur idéal était de passer dans cette vie terrestre un bon moment, sans présager de ce que serait l'avenir.

Peut-être auraient-ils pu, eux, implorer le ciel. Peut-être mes dieux les auraient-ils pris en compassion, même si j'en doute. Car je les connais bien, mes dieux, depuis toutes ces années. En tout cas, cette hypothèse ne sera jamais vérifiée. Car tous ces peuples ont été éliminés de la Terre. En tout cas, leurs religions n'ont pas résisté au

Capitalisme. Entraînant dans leur défaite l'extinction de toute réconciliation encore possible, à une certaine époque d'après le Déluge, avec la nature.

Pour ma part, ça fait un bout de temps que j'observe ce qui se passe. Et quand je dis un bout de temps, c'est un vrai bout de temps.

J'ai erré si longtemps dans le monde entier. Errer est bien le mot. J'ai tellement de temps devant moi. Je voulais me rendre compte de ce que les hommes avaient fait de toute cette eau. Celle que mes dieux leur avaient donné avec le Déluge pour les prévenir qu'il fallait désormais faire attention. Parce que vous pensez que l'eau du Déluge était une punition ? Que les dieux avaient ouvert les vannes d'on ne sait quoi ni d'on ne sait où seulement pour noyer leur création ? Vous faites bien partie de la même humanité, incapable de comprendre quand on lui envoie des signes forts.

Bien sûr que non, ça n'était pas pour ça. Sinon pourquoi m'auraient-ils confié la mission de sauver le monde ?

C'était juste un avertissement. Juste pour leur dire que la prochaine fois, ils ne pourraient rien pour eux. Rien, s'ils ne prenaient pas soin de l'eau. Bon d'accord, les dieux auraient dû être plus explicites. Mais ça aurait été sans compter sur leur côté facétieux. Et puis ils pensaient que les hommes seraient moins idiots. Naïfs qu'ils étaient, mes dieux. Il faut croire qu'ils se sont trompés.

De toute façon, ils s'en moquent maintenant. Ils sont partis ailleurs, je vous disais.

Toujours est-il que je ne me suis pas inquiété outre mesure pendant longtemps. La population mondiale croissait doucement et les réserves en eau étaient abondantes. Certes, elles n'étaient pas réparties de manière identique partout dans le monde, mais les hommes s'adaptaient, ne rechignant pas à se déplacer quand il le fallait. Et puis d'un coup, au XXème siècle, tout s'emballa. Les progrès de la médecine, de la technologie rendant le travail moins dur, la population mondiale quadrupla en moins d'un siècle. C'était une époque de rêve, en tout cas pour les pays riches, où la consommation était le moteur de tout. Les fortunes s'y faisaient, se défaisaient et se refaisaient rapidement. Un vrai bonheur pour les capitalistes. Tandis que les pays pauvres souffraient de plus en plus de leur côté. Car il faut dire que l'explosion démographique n'eût pas lieu là où elle aurait pu être supportée. Les différences entre les peuples s'agrandirent, que ne pouvait plus masquer le manque de communication. Tout se savait au XXème siècle, grâce aux technologies qu'il avait fallu développer pour soutenir la mondialisation de l'industrialisation. Et dans le même temps, les ressources naturelles de la planète disparaissaient.

C'est alors qu'apparut la grande crise climatique du XXIème siècle.

Le réchauffement climatique tant annoncé s'installa,

et même pire que ce qu'on redoutait. L'eau se mit à manquer encore plus dans les pays du Sud. De grands fleuves disparurent. Le Nil, le Mékong, L'Amazone se transformèrent en ruisseaux, avant de ne plus être rien. Des vagues migratoires tentèrent d'envahir les pays riches, qui ripostèrent de manière brutale. Les gouvernants du G8, devenu G9 avec la participation de la Chine en 2053, prirent alors les choses en main et montrèrent leur véritable nature : protéger avant tout les intérêts des pays riches, par tous les moyens. Les crises migratoires étant devenues des menaces trop dangereuses, il leur fallait adopter des mesures bien plus radicales que celles que la seule diplomatie avait tenté de mettre en œuvre. C'est ainsi qu'ils décidèrent lors du sommet de Londres, en 2071, de sauver sur Terre ce qui pourrait encore l'être, à savoir les quatre milliards d'habitants qui constituaient la population du G9. Population que les experts considéraient comme supportable pour la Terre eu égard à ses ressources naturelles encore exploitables, sachant que les ressources pétrolières des pays du Golfe et d'Afrique avaient déjà disparues depuis belle lurette. La Terre fût donc nettoyée atomiquement le samedi 6 février 2072, en envoyant en l'espace d'une seule journée un peu plus de six milliards d'individus ad patres. Ce fut une belle réussite technologique qui impressionna, il faut le dire, mes dieux.

La vie fût un peu rude ensuite pendant une centaine d'années, car il fallait vivre avec les vents qui rabattaient les effluves atomiques. Mais au bout du compte, tout se calma. Sauf que le réchauffement climatique s'était accentué, et que le Capitalisme avait repris ses droits, engendrant une consommation débridée que la perte de tout repère moral depuis le Grand Nettoyage de 2072 avait exacerbée.

Bref, ce ne fût qu'un répit, et dimanche dernier, 21 mai 2209, le G9 s'est réuni pour constater qu'il n'y avait plus d'eau, ni potable ni utilisable sur Terre, pour proclamer que la fin du monde était bien là, et pour dire qu'ils en étaient désolés, mais que désormais c'était sauve-qui-peut. L'humanité entière s'est arrêtée d'un coup à cette annonce subite. De nouveaux prophètes apparurent pour proposer des danses et des prières afin d'implorer la clémence des dieux oubliés depuis tant d'années, ceux qui avaient pourtant prévenu au moment du Déluge.

Peine perdue, vous ai-je dit. Ils sont partis, mes dieux. Pour une autre galaxie où ils doivent rigoler entre eux. J'en suis sûr.

Nous sommes aujourd'hui vendredi 26 mai. J'aurais bien la solution, moi. Mais j'hésite.

Moi, qu'on a affublé du nom de Noé en son temps, en faisant croire que j'avais vécu neuf-cent-cinquante ans au cours desquels j'avais sauvé le monde avec ma barcasse au moment du Déluge. Avec ma femme et mes trois enfants à bord. Vivre neuf-cent-cinquante ans, quelle plaisanterie. Tout ça pour faire croire aux hommes que leur condition de mortels limitée à cent-vingt ans pourrait s'améliorer s'ils avaient foi dans le Dieu unique. Alors que les dieux sont multiples, ce que les shaman du vieux monde américain aujourd'hui disparu avaient réussi à découvrir.

Moi, qui m'appelle en fait Utanapishtim, et dont la vie a été racontée dans l'épopée de Gilgamesh, le grand roi d'Uruk en Mésopotamie, il y a si longtemps.

Oui, l'un de mes dieux a eu pitié au dernier moment, et il m'a confié la tâche de sauver de leur Déluge des représentants des êtres vivants, hommes, bêtes, végétaux. Pour leur offrir une seconde chance. Et pour me remercier d'avoir réussi, après avoir été convaincu par celui d'entre eux qui m'avait vendu la mèche que cette idée de Déluge était débile, mes dieux ont cru me faire plaisir en me dotant de l'immortalité. Depuis, j'accompagne cette humanité. En y goûtant les plaisirs et en souffrant de ses inepties.

Oui j'ai la solution, aujourd'hui. Mais j'hésite.

Personne ne s'est jamais interrogé pour savoir où était passé l'eau du Déluge. Son niveau avait baissé, tout était redevenu normal, et voilà tout. On pouvait passer à autre chose, et cette autre chose fut un retour aux vieilles pratiques de saccage de la planète. Évidemment. Sans tirer les vraies leçons du Déluge.

Je vais vous dire, moi qui l'ai vécu ce Déluge, ce qui

s'est vraiment passé. De l'eau, il y en avait des quantités énormes. Des litres et des litres tombés sur toute la surface de la Terre d'on ne savait où. Des quantités encore plus énormes que je ne pouvais l'imaginer à l'époque, moi qui ignorai alors que la Terre était ronde. J'étais effrayé dans la barcasse dans laquelle j'avais emmené tous les échantillons du monde vivant comme me l'avait demandé l'un de mes dieux. Alors quand il vint me dire : « bon, maintenant ça suffit, on a assez rigolé, à toi de faire en sorte que la vie revienne et je te garantis que j'arriverai à convaincre les autres de te donner l'immortalité », je me suis mis à cogiter dur. Et je n'ai vu qu'une seule solution : trouver une brèche dans la Terre pour y vider l'eau et ensuite refermer le tout, dans l'attente de jours meilleurs.

Quelques années auparavant, j'avais visité ce qui plus tard s'appellerait le Périgord. Le climat y était doux, et les quelques habitants qui y avaient trouvé un point de chute après de longues migrations m'avaient plu, si je peux dire sans faire de mauvais jeu de mots. Ils vivaient dans des grottes et ne se prenaient pas la tête, eux, contrairement aux autres hommes, ailleurs, qui agaçaient à n'en plus finir mes dieux. Ils chassaient, cueillaient des champignons et faisaient de la peinture au fond de leurs grottes. Cool. Alors quand mon dieu m'a mis la pression pour trouver une solution au Déluge, je me suis dit que c'était par là-bas qu'il fallait que j'aille. J'ai navigué pendant quelques jours, cap au Sud-Ouest. À l'arrivée, une dizaine d'amis s'étaient rassemblés sur une petite colline avec de l'eau jusqu'aux genoux. Quelle ne fût pas leur joie quand ils aperçurent ma barcasse. Après les réjouissances des retrouvailles, nous nous sommes creusé la tête pour savoir comment sortir de cette affaire. Et c'est Monbaz, qui a trouvé la solution. Il connaissait une faille terrestre où l'eau s'infiltrait et ne remontait jamais. La dernière fois qu'il y était allé, la faille était bouchée par une grosse pierre qui avait été projetée par un volcan voisin. D'après lui, si on rouvrait la faille, il y avait une chance que toute l'eau du Déluge s'y déverse. En tout cas, ça valait le coup d'essayer. Alors nous y sommes allés. J'ai stationné ma barcasse à l'aplomb de la faille, et Monbaz a plongé. Confirmant que nous étions au bon endroit, mes autres amis plongèrent également pour l'aider à soulever la grosse pierre qui obstruait la faille, et toute l'eau du Déluge s'y engouffra comme espéré. En trois jours, le niveau de l'eau était redevenu raisonnable et la vie sur Terre pouvait reprendre. Nous remîmes alors la grosse pierre sur la brèche, en prenant soin quand même de laisser un petit passage pour alimenter le petit ruisseau que Monbaz aimait bien et qu'il nommait, allez savoir pourquoi, la Gardonnette.

C'était il y a bien longtemps. Mais la brèche existe toujours. Je peux vous l'assurer, car je me suis depuis rendu sur place moi-même de temps en temps pour constater que tout était en ordre. Les gens qui vivent là-bas l'appellent la gourgue. Alors mon idée serait d'y retourner, de trouver un moyen de relever la pierre qui obstrue la brèche, et toute l'eau du Déluge se trouverait ainsi libérée. Happée par ce maudit soleil qui depuis le réchauffement climatique a brûlé tous les nuages, elle condenserait et redonnerait vite naissance à de vrais beaux nuages qui pourraient à nouveau libérer la pluie. Le cycle de l'eau reprendrait alors son cours, et mon cher Baudelaire aurait enfin raison, qui disait :

- *Qui aimes-tu le mieux, homme énigmatique, dis ? ton père, ta mère, ta sœur ou ton frère ?*
- *Je n'ai ni père, ni mère, ni sœur, ni frère.*
- *Tes amis ?*
- *Vous vous servez là d'une parole dont le sens m'est resté jusqu'à ce jour inconnu.*
- *Ta patrie ?*
- *J'ignore sous quelle latitude elle est située.*
- *La beauté ?*
- *Je l'aimerais volontiers, déesse et immortelle.*
- *L'or ?*
- *Je le hais comme vous haïssez Dieu.*
- *Eh ! qu'aimes-tu donc, extraordinaire étranger ?*
- *J'aime les nuages... les nuages qui passent... là-bas... là-bas... les merveilleux nuages !*

C'est jouable. Et tout pourrait recommencer.

Mais pourquoi faire ?
Pour que les hommes saccagent tout à nouveau ?
Pour les nuages ?

J'hésite.

André

Depuis qu'elle l'avait abandonné sans prévenir, André s'était installé définitivement dans la maison de campagne qu'ils avaient achetée il y a bien des années pour échapper au tumulte de la ville. Blottie dans le fond d'un cingle, en bordure d'un bras du grand fleuve, la maison était petite mais confortable avec ses dépendances encadrant le potager. Son verger attenant était devenu la passion d'André, qui y consacrait ses moindres instants de loisir.

L'autre raison de sa vie, c'était Madeleine, sa femme. Il l'avait rencontrée sur les bancs de l'école de commerce qu'ils avaient fréquentée ensemble. Après une cour assidue et tenace, elle succomba en toute fin de dernière année d'études, car il fallait bien affronter dorénavant le monde des adultes.

Les années passaient, faites d'un travail harassant qui leur apportait à chacun une raison de vivre suffisante pour combler leurs angoisses existentielles face à l'immensité du cosmos et à la vacuité de leurs âmes. Madeleine parcourait la France de librairie en librairie pour aider à la promotion d'auteurs à la mode assurant le chiffre d'affaires de la maison d'édition qui l'employait. André était quant à lui devenu au fil du temps le dirigeant d'une entreprise de transport routier dont les camions sillonnaient l'Europe entière.

Tous les deux avaient néanmoins gardé une passion vitale : l'arboriculture pour André et les voyages pour Madeleine. Passions qu'ils respectaient, l'un vis-à-vis de l'autre. Passions qui fatalement les éloigneraient l'un de l'autre.

La datcha, comme Madeleine avait accepté de baptiser leur maison de campagne en hommage au grand-père d'André qui avait fui la lointaine Russie des bolcheviks au début du siècle dernier, était un lieu à part pour eux deux, un refuge hors du temps. André y expérimentait de nouvelles techniques jardinières et arboricoles, tandis que Madeleine y préparait par internet ses voyages à venir. Le temps passant, ils y échangeaient de moins en moins de mots, comme pour ne pas rompre leur fragile équilibre. Car leur vie professionnelle, qui les occupait essentiellement, devenait de plus en plus rude, ou peut-être plus simplement de moins en moins passionnante. Les entrepreneurs éclairés avaient peu à peu fait place aux investisseurs avisés en univers incertain, concept auquel leurs éducations respectives ne les avaient vraisemblablement pas préparés.

Las, André découvrit un samedi dans la boîte à lettres de la datcha une correspondance de Madeleine qui ne l'avait pas accompagné ce week-end-là.

Mon amour,

Je pars vers d'autres horizons, car j'étouffe.
Je sais que tu ne m'en voudras pas.

Prends soin de toi.

Madeleine

André ne fut pas étonné du contenu de la lettre de Madeleine. En fait, il s'y attendait. Il esquissa juste un sourire, car c'était à l'occasion de ce même week-end qu'André avait décidé de dévoiler à Madeleine qu'il venait d'acheter avec l'indemnité de rupture de contrat de travail négociée avec les actionnaires de sa société, la centaine d'hectares de vergers attenante à la datcha pour y développer sa propre affaire de production de pommes. André replia la missive dans son enveloppe, la rangea dans la poche intérieure de sa gabardine pour la mettre à l'abri de la pluie printanière et se mit en route vers le verger qui attendait ses décisions de traitement phytosanitaires.

Les années passèrent à nouveau, faites cette fois d'un labeur agricole qui remplissait André d'aise en occupant sa solitude. Les pommiers qui avaient été si souvent son refuge étaient devenus son gagne-pain, et même plus que son gagne-pain depuis qu'il avait réussi à mettre au point une variété de pommes à l'aspect rustique et au goût inimitable, avec bien sûr un label Bio fondamental pour sa clientèle choisie. C'était une belle réussite commerciale, qu'André avait su protéger des démons tentants d'une expansion capitaliste naturelle. Car ce qu'il aimait avant tout, c'était se retrouver au milieu de ses arbres, vivre pleinement en leur compagnie chacune des saisons, du renouveau enthousiasmant du printemps à la plénitude de la récolte automnale, en passant par l'angoisse d'un été toujours menaçant et l'assoupissement réparateur de l'hiver.

Madeleine quant à elle parcourait le monde. Elle s'était mise à la réalisation de reportages photo hors des sentiers battus qui lui avaient permis de gagner une belle notoriété dans les magazines auxquels elle les envoyait. Elle avait ainsi réussi à trouver de quoi financer sa passion sans se compromettre dans la rédaction d'articles trop faciles sur des destinations éculées ou à la mode.

Un an après leur éloignement mutuel non concerté, André reçut une première lettre de Madeleine. Elle avait été postée à Bangalore et lui suggérait, s'il la recevait évidemment, ce dont elle ne doutait pas, et si ça lui faisait plaisir bien sûr, de lui répondre par poste restante interposée. Une façon désuète de correspondre dont elle ne doutait pas non plus qu'elle lui plairait. Pour ce faire, elle lui donnait des points de rendez-vous sur les six mois à venir : Denpasar, Vientiane, Hô Chi Minh Ville, Guangzhou, Kyoto. André salua l'initiative, et joua le jeu. Ils parcoururent ainsi le monde pendant des années. Car au fond, ils ne pouvaient s'empêcher de penser sans cesse l'un à l'autre. Pour une chose toute simple, incompréhensible et qu'ils ne voulaient pas admettre : ils se manquaient l'un l'autre. Leurs correspondances étaient brèves, sans fioriture ; un mélange de savoir-vivre, qui se voulait aller à l'essentiel, et de savoir-être, pour ne pas laisser l'impression à l'autre d'un quelconque regret dans leur décision commune mais non avouée d'aller prendre l'air.

Une seule chose, peut-être, les différenciait : la certitude qu'avait André que Madeleine reviendrait.

La Lada avançait lentement entre les hautes herbes, lestée des trente-huit caisses de pommes récoltées la veille dans le verger de la datcha. André se reprochait de ne pas avoir pris le temps de passer ces derniers jours le gyrobroyeur sur le chemin. Mais avec toute cette pluie, comment cela aurait-il pu être possible. C'est sûr que si Madeleine avait été là, il aurait bien trouvé le moyen de le passer, ce maudit gyrobroyeur. Mais elle n'était pas là. Et sa dernière lettre expédiée de Chiloé datait d'il y a six mois déjà. Avait-elle reçu les siennes envoyées dans les postes restantes de Buenos Aires, Brasilia, et Roseau ? Les lettres dans lesquelles il lui racontait sa dernière variété de pomme de couleur bleue, qu'il avait créé pour s'amuser car franchement sur un plan marketing il avait de sérieux doutes que ça marche, même en les proposant en pommes à mariner. Il n'en avait eu aucun retour. Et il s'inquiétait.

Ce n'est que trop tard qu'elle voit la Lada au sortir du

virage en dévers sur le chemin qui longe à cet endroit le bras du fleuve. Madeleine roulait toujours trop vite dans ce chemin. André n'avait de cesse de le lui dire. Braquant désespérément sur sa gauche pour éviter la Lada, la Twingo noire dérape et se jette dans la rivière. André a juste eu le temps d'apercevoir le sourire confus et désespéré de sa bienaimée disparaître sous les flots. Il bondit hors de la Lada et se jette à l'eau pour lui porter secours. Mais le courant est trop fort, qui les emporte tous les deux.

On retrouva plus tard leurs corps enlacés emmêlés dans les aubes du vieux moulin à eau en ruines, à quelques kilomètres en aval.

Tout en croquant dans une pomme qu'il avait prélevée à l'arrière de la Lada en suivant le chemin le menant au vieux moulin, le brigadier de gendarmerie dépêché sur place ne put retenir son émotion à la vue de tant de tendresse qui émanait du regard enchevêtré des deux amoureux.

Céline

- Ça va, Mademoiselle ? Vous avez l'air perdue.

Jean-Gustave essaie de reprendre ses esprits.

Où est-il ? Quelle heure peut-il bien être ? Qui est cet inconnu qui l'interpelle au milieu de cette place de village qu'il ne connaît pas ?

Hier soir, Jean-Gustave avait retrouvé ses amis dans un bar de la rue du marché Saint-Honoré pour fêter l'arrivée du Beaujolais nouveau. Jean-Gustave n'aimait pas trop les attroupements populaires, mais celui-ci était plutôt fréquenté par des bobos parisiens du même acabit que lui dont il pourrait donc ne pas avoir peur puisqu'il connaissait bien leur cruauté envers leurs semblables. Et puis il y aurait peut-être aussi Céline qui n'avait pas répondu à l'invitation lancée par leur groupe d'amis

O2S2E (*On Sait S'Ennuyer Ensemble*), ce qui ne voulait pas dire qu'elle ne viendrait pas, sans pour autant dire qu'elle viendrait. Les femmes avaient toujours été un monde incompréhensible pour Jean-Gustave. Un monde rempli de beauté, de délicatesse, de fantasmes, de chimères, de douceur et de colère.

- Elle ne viendra pas, lui avait dit d'un ton narquois Olivier en l'accueillant au Rubis.
- Qu'en sais-tu ? lui avait répondu Jean-Gustave.
- Elle ne viendra pas, parce qu'elle ne vient jamais quand tu es là, avaient alors enchaîné Thomas et Paul.
- Lâchez-le, était intervenue Claudine, il vient juste d'arriver et vous allez nous le mettre de mauvaise humeur.
- Je suis content que tu sois là, moi, avait dit Solange en embrassant tendrement Jean-Gustave sous le regard goguenard des trois autres garçons de la bande.

Leur groupe s'était formé il y a quelques mois à l'initiative de Claudine. Ils avaient entre quarante-cinq ans pour la plus jeune, Claudine, et cinquante-sept ans pour le plus vieux, Jean-Gustave. Entre les deux venaient Pierre, Jacques, Solange, et Olivier. Ils travaillaient tous à Paris et occupaient des fonctions importantes dans leurs entreprises ou ministères respectifs. Ils avaient par ailleurs en commun de vivre seuls, et de s'ennuyer ferme les week-ends. C'est lors d'un de ces moments de désespérance que Claudine avait lancé sur Internet son idée de groupe O2S2E, en proposant pour le week-end suivant d'assister à une représentation de Bérénice à la Comédie Française suivi d'un souper chez Macéo. Le ton était donné, qui permettrait vraisemblablement de limiter l'audience, comme le souhaitait Claudine. Son vœu fut exaucé et de fait, les six membres fondateurs du groupe en restèrent les seuls pendant des mois.

Et puis en Octobre, Claudine reçut dans sa boite à lettres électronique une demande d'adhésion au groupe. Elle s'appelait Céline, négociante en vin bordelais et ayant coché la case cinquante-soixante ans dans le formulaire d'inscription. La photographie jointe laissait découvrir une jolie rousse mesurant environ un mètre soixante-quinze si on se référait à la hauteur standard des barriques de vin qui l'entouraient. Un petit mot accompagnait la demande d'adhésion qui prouvait que la nouvelle venue partageait les goûts esthétiques et gastronomiques des membres du groupe O2S2E. Claudine transféra la demande d'adhésion aux autres membres fondateurs qui l'acceptèrent à l'unanimité avec enthousiasme.

Céline fut accueillie par le groupe le week-end suivant autour d'un thé à La Bucherie, suivi d'un concert à la Sainte Chapelle où se donnait l'Art de la Fugue, la soirée se concluant par un dîner aux Éditeurs. Seul Jean-Gustave n'avait pas pu se libérer ce soir-là. Céline était lumineuse et les garçons tombaient sous son charme. Claudine et Solange essayaient de tenir le rythme, non sans difficulté. La soirée s'acheva par un passage à la Rhumerie, où Olivier, Claudine et Solange laissèrent Paul et Thomas en compagnie de Céline vers deux heures du matin.

Le week-end suivant, Claudine proposa au groupe de se retrouver en fin d'après-midi à la fondation Louis Vuitton pour le vernissage de l'exposition Egon Schiele. Ce serait un bon prétexte pour aller ensuite faire un tour à la Grande Cascade. Jean-Gustave arriva parmi les premiers, tout excité à l'idée de rencontrer Céline. Mais elle ne vint pas. Les autres en profitèrent pour donner leur avis sur la nouvelle. Pour faire simple, les garçons étaient subjugués, tandis que les filles en disaient pis que pendre. Paul et Thomas en rajoutèrent en laissant planer le mystère sur leur fin de soirée à la Rhumerie.

Le week-end d'après, Céline rejoignit le groupe pour une visite guidée de la Grande Galerie de l'Évolution au Jardin des Plantes. Il faisait bon, mais on sentait un malaise parmi les participants, mis à part Jean-Gustave qui n'avait pas pu se libérer cette fois-ci et Céline qui était trop nouvelle dans le groupe pour en ressentir le début de fracture interne. Céline était ravie de partager ces moments de culture avec de nouveaux amis. Elle allait de l'un à l'autre sur le chemin du restaurant Chez Marty que Claudine avait découvert récemment. L'ambiance du dîner fût exécrable entre Claudine, Paul, Thomas, Solange et Olivier, les uns essayant de séduire la belle Céline, les autres de lui tendre des pièges par jalousie. Le groupe se sépara vers minuit, Olivier raccompagnant Céline chez elle à Montparnasse pour ne pas la laisser seule à une heure tardive dans Paris.

Et puis vint la soirée Beaujolais. Jean-Gustave passa son temps à guetter l'arrivée de Céline, qui ne vint pas. Il but plus que de raison écoutant ses amis se déchirer à propos de Céline qui avait fini par semer la zizanie entre eux. La fin de soirée lui échappa.

Il ne s'en souvient que d'une seule chose. C'est d'être allé satisfaire un besoin pressant dans une pissotière en rentrant chez lui avenue de l'Opéra.

- Ça va, Mademoiselle ? Vous avez l'air perdue.
  Je vous ai vu sortir de la nouvelle pissotière que
  le maire vient d'inaugurer. Puis-je vous aider ?
  Mademoiselle, Mademoiselle ! Répondez-moi,
  Mademoiselle. Comment vous appelez-vous ?

- Je m'appelle Céline, lui répond Jean-Gustave.

L'*Évènement*

Il fait très doux en ce matin du 12 mai 2050 quand Jean-Philibert se rend au Parlement des Nations Réunies en faisant un crochet par le Grand Port comme il s'appelle désormais.

Depuis son hôtel en bas du quai de Brazza, Jean-Philibert emprunte le pont Chaban-Delmas dont les concepteurs avaient eu la bonne vision de le faire levant pour pouvoir répondre aux besoins futurs de transport maritime même s'ils ne pouvaient pas se douter de ce qui allait se passer avec le Grand Bouleversement. La ville n'est pas encore vraiment réveillée car il est encore très tôt. Le fleuve coule tranquillement, léchant les coques des bateaux de commerce de plus en plus nombreux à venir s'amarrer dans le port qui n'en finit plus de s'étendre vers l'océan. Les marchandises du monde entier y sont débarquées, tandis qu'on recharge au plus vite dans les cales ainsi libérées les produits venus de toutes les contrées de l'Europe ; enfin celles qui ont pu arriver jusqu'à Bordeaux sans encombre.

Au plus près du centre-ville, le port s'est spécialisé dans l'accueil des bateaux transportant des passagers. Ils viennent de tous les continents car Bordeaux est devenu un point d'entrée bien pratique pour l'Europe depuis le Grand Bouleversement, même si les routes au-delà des frontières de l'Aquitania ne sont toujours pas redevenues très sûres.

La beauté des grands voiliers transocéaniques sort un instant Jean-Philibert de ses pensées noires du matin. La technologie a fait des prouesses énormes ces dernières années. Les grands bateaux à mâts périscopiques capables de s'adapter aux moindres changements du vent côtoient les hydrofoils qui atteignent des vitesses prodigieuses. Les bateaux solaires concentrent l'énergie captée du soleil pour faire tourner leurs turbines et emportent désormais des charges conséquentes au-delà des mers.

Ces progrès technologiques ont été rapides, rendus nécessaires par le Grand Bouleversement, même si on n'enlèvera pas de l'idée de Jean-Philibert que toutes ces prétendues nouvelles technologies étaient au point depuis déjà bien longtemps. Plus propres, mais plus coûteuses, pourquoi aurait-il fallu les mettre en œuvre avant qu'elles ne fussent absolument nécessaires alors qu'il était si facile de faire de l'argent sans les utiliser ?

Le Nova Scottia est à quai tout près du Pont de Pierre. Il s'y est amarré durant la nuit avec la marée montante. Gaston devrait donc être au rendez-vous convenu la semaine dernière avec Jean-Philibert par téléphone. Il ne faut plus que cinq jours pour traverser l'Atlantique. Un progrès considérable par rapport aux lendemains du Grand Bouleversement, même si pendant cinq jours les communications avec les bateaux ne passent toujours pas. Mais ça devrait s'arranger d'ici la fin de cette année assure-t-on au Ministère des Télécommunications.

Gaston est le gouverneur fraîchement élu d'Halifax. Il vient assister à l'Événement au Parlement des Nations Unies dont il est membre tout comme Jean-Philibert qui représente pour sa part le canton de Bergerac. Leurs grands-pères se sont connus il y a une cinquantaine d'années à l'occasion d'un voyage d'affaires du grand-père de Jean-Philibert dans les provinces maritimes du nord-est du Canada. Ils étaient devenus amis avec le temps et leurs familles s'étaient rencontrées souvent ensuite, envoyant même leurs enfants en vacances chez l'un l'autre pour leur faire découvrir du pays. Jean-Philibert et Gaston avaient dix ans lorsque le Grand Bouleversement déchira subitement l'histoire du Monde le 10 juillet 2024. Ce jour-là, Gaston était en vacances dans la famille de Jean-Philibert à Issigeac, ancienne bastide du Périgord qui avait fait allégeance à l'Angleterre à l'époque de la Guerre de Cent Ans, mais ça c'est de l'histoire ancienne. L'été était caniculaire, comme tous les étés depuis bientôt dix ans. Mais les matins et les soirées étaient agréables. Et de toute façon, le lac de la Nette était un merveilleux endroit de rafraîchissement durant la journée pour les enfants. Les vacances d'été de Jean-Philibert et de Gaston s'annonçaient bien.

Quelques mois auparavant cependant, la tension politique internationale avait atteint un niveau critique.

Le Royaume-Uni, qui avait été contraint de mettre en œuvre en 2019 le Brexit sur la base d'un "no deal" avec le reste de l'Europe, vivait une période d'incertitude politique sévère. Des troubles avaient éclaté dès l'été 2019 en Ecosse et en Irlande du Nord qui ne voulaient ni l'une ni l'autre sortir de l'Europe. Londres avait alors envoyé des troupes comme au temps des Troubles à Belfast. Le calme était maintenu de manière précaire par la force de l'armée britannique. Partout ailleurs en Europe, le Brexit fonctionna comme un détonateur anti-européen. Les partis politiques populistes au pouvoir en Italie, Hongrie et Pologne engagèrent un processus de sécession d'avec l'Europe. Au sein des pays eux-mêmes, le Brexit donna des idées aux mouvements séparatistes. Catalogne, Corse, pays Basque, Hanse, Bretagne, Flandre, Bavière, partout des voix s'élevaient de plus en plus fortes pour demander l'autonomie des régions.

Et puis arriva le 10 juillet 2024.

Six jours après son discours solennel à l'occasion de l'Independance Day de la dernière année de son deuxième mandat et dans lequel il dénonçait ce qu'il estimait être le double langage des dirigeants de la Corée du Nord, le président américain Donald Trump mettait à exécution sa menace à l'expiration de l'ultimatum qu'il avait fixé. Il faisait bombarder plusieurs installations stratégiques nord-coréennes en prémices au débarquement de troupes au sol depuis le Pacifique. Le plan était une redite de l'invasion de l'Irak mais avec la certitude cette fois d'aller au bout tant les stratèges militaires américains étaient persuadés que la Corée du Nord était un tigre de papier. C'était sans compter sur la ruse de Kim Jong-un qui avait fait préparer dans le plus grand secret une riposte technologique bien plus efficace que ses pauvres missiles de pacotille. Ainsi, dès que les premières bombes américaines touchèrent le sol de Pyongyang, Kim Jong-un déclencha le plan StarVirus activant les virus informatiques qu'il avait fait introduire dans tous les satellites militaires et civils chinois, la frontière entre la Corée du Nord et la Chine n'étant qu'une illusion. Dans la première demi-heure, quatre-vingt-dix pour cent de ces satellites s'autodétruisirent, laissant tout d'abord les dirigeants chinois pour le moins perplexes, puis obligés de réagir face à ce qu'ils analysèrent comme une agression de masse des États-Unis, non pas à l'égard du trublion coréen, mais bien plus sérieusement à l'égard de leur amie, sinon alliée, la République populaire de Chine. Le plan StarWars II fut alors déclenché par les autorités militaires de Pékin qui détruisit de proche en proche par le jeu des alliances militaires internationales l'ensemble des satellites autour de la Terre.

Une heure plus tard, toutes les télécommunications téléphoniques, tous les systèmes de navigation, tous les réseaux de transmission de données étaient anéantis de par le Monde. Et un grand silence se fit.

Ce fut alors une grande déroute pour l'armée américaine dans la péninsule coréenne. Pire, tous les mouvements terroristes de par le monde se trouvèrent alors à égalité sur un plan militaire avec les grandes nations. Voire même dans une meilleure situation face à des armées totalement désemparées. Des micro-bombes nucléaires et bactériologiques explosèrent çà et là dans les jours qui suivirent. L'Asie fut dévastée, la Russie fut emportée dans une tourmente thermonucléaire, l'Afrique retourna dans le néant, l'Amérique du Sud renoua avec les dictatures du passé pour faire face à l'inconnu de la situation. L'Amérique du Nord quant à elle s'effondra après que San Francisco, Miami, Houston et New York aient été infectées par des virus bactériologiques mortels propagés par des anarchistes écologistes anticapitalistes. Les pays du Golfe persique n'échappèrent pas à ce tsunami politique qui dévasta chez eux les puits de pétrole.

En une seule semaine, l'ancien Monde n'était plus, et le 10 juillet 2024 allait devenir une date de référence que l'on nommerait désormais celle du Grand Bouleversement.

Seuls l'Australie, le Canada et dans une certaine mesure l'Europe occidentale avaient échappé dans un premier temps au désastre : l'Australie, du fait de son éloignement géographique ; le Canada, de par l'autonomie énergétique en matière d'électricité que lui conférait son vaste réseau hydraulique ; l'Europe occidentale, grâce à la coopération entre les nations, en tout cas entre celles qui n'avaient pas suivi l'exemple sécessionniste britannique.

L'effondrement des États-Unis avait provoqué un exode massif vers le Canada de la population américaine qui n'avait pas été anéantie, c'est-à-dire à peine vingt pour cent de ce qu'elle était avant le Grand Bouleversement. Le gouvernement canadien avait fait en sorte d'accueillir les migrants avec toute la bienveillance possible, essentiellement dans sa partie anglophone. En Europe, le Grand Bouleversement accentua les velléités séparatistes des activistes issus de la crise du Brexit et que ne pouvaient plus contenir les états centraux confrontés à une crise majeure de manque de télécommunication tout d'abord, puis d'approvisionnement de tout ce qui venait de la mondialisation, et principalement de carburant. L'Europe politique éclata. En France, le Président Macron qui avait été réélu ne put empêcher la séparation des régions. Réduite à une improbable transversale Hauts-de-France / Ile-de-France / Centre-Val de Loire / Nouvelle Aquitaine, la nation française sombra. Un peu moins de deux ans après le Grand Bouleversement, la Nouvelle Aquitaine fit sécession pour devenir le 12 mai 2026 une nation indépendante, prenant le nom de « Aquitania ».

Gaston resta dix ans à Issigeac dans la famille de Jean-Philibert. Dix années qui furent un bonheur pour les deux amis même si l'éloignement de ses parents canadiens pesait de temps en temps sur le cœur de Gaston. Mais comment faire autrement quand la destruction de tous les moyens de navigation satellitaire et de toutes les sources d'approvisionnement en pétrole rendait le transport aérien impossible, et que les moyens de transport de substitution n'étaient pas encore au point. Les familles de Gaston et de Jean-Philibert avait donc opté pour cette solution dans l'attente de jours meilleurs.

Pendant ce temps, le monde se recomposait, difficilement. Une nouvelle puissance économique mondiale émergeait, qui regroupait Australie, Canada, Angleterre et Aquitania au sein d'une entente appelée les Nations Réunies, en souvenir à la fois du Commonwealth et du vieux royaume d'Angleterre. Le reste du monde quant à lui continuait pour les uns de se désagréger, et pour les autres de tenter de se reconstruire sur la base d'états morcelés. Ce n'est qu'à l'âge de vingt ans que Gaston put enfin retrouver son Canada natal. La traversée de l'Atlantique prit une vingtaine de jours, mais elle était de nouveau sûre. Les télécommunications fonctionnaient à nouveau par les câbles sous-marins, mais la technologie satellitaire était vraisemblablement perdue à jamais. L'exploitation du pétrole avait disparu de la surface de la Terre et l'industrie nucléaire civile avait fait long feu avec le démantèlement de l'État français. Il fallait désormais utiliser des énergies renouvelables qui étaient encore loin d'avoir la même efficacité que le pétrole, surtout en matière de transport.

Le monde des hommes était à la peine, mais la Terre respirait à nouveau.

En seulement quelques années, l'Aquitania avait su tirer profit de sa singularité géographique pour devenir en 2050 l'une des grandes nations de ce qu'il restait du Monde Développé, si on prenait les critères économiques d'avant le Grand Bouleversement.

Elle pouvait tout d'abord compter sur ses infrastructures intérieures de transport qui faisaient sourire à l'époque et qui désormais, avec la pénurie de pétrole, étaient les seules efficaces pour transporter les marchandises et les personnes sur de longues distances : le chemin de fer et les voies navigables. C'est ainsi que les lignes ferroviaires construites au début de XXème siècle et délaissées ensuite à l'époque de l'automobile à tout crin et des Trains à Grande Vitesse vers Paris connurent une seconde jeunesse. La Rochelle, Poitiers, Angoulême, Limoges, Brive, Périgueux, Bergerac, Agen, Mont-de-Marsan, Pau, Bayonne étaient de nouveau reliées entre elles en une à deux heures. Se rendre à Bordeaux depuis ces mêmes villes n'était plus un voyage, mais juste un déplacement. Le tramway de Bordeaux couvrait désormais toute l'agglomération et même au-delà. La technologie solaire et la science des matériaux avaient fait de tels progrès que les trains de plus en plus légers, et dont on savait déjà depuis leur invention à la fin du XIXème siècle que le frottement réduit des roues sur les rails offrait le meilleur rendement énergétique, circulaient tous à l'électricité solaire. Les voies navigables redevinrent également essentielles. La Garonne et la Dordogne retrouvèrent leur vocation d'antan, avec des bateaux de commerce de plus en plus gros profitant du courant pour descendre vers Bordeaux et des vents dominants d'Ouest pour remonter. Sur les routes, la situation fut beaucoup plus difficile. La pénurie de carburant mis rapidement fin à l'utilisation des automobiles individuelles, puis à celle des camions et des autocars. La traction animale reprit alors du service, ce qui fut vite assimilé en Aquitania, terre d'équitation de sport et de loisirs renommée avant le Grand Bouleversement.

Aquitania jouissait par ailleurs d'une façade atlantique fantastique qui allait lui ouvrir les portes du Monde. La Rochelle et Bayonne retrouvèrent leur splendeur passée grâce à leurs ports. Bordeaux, surtout, devint la porte d'entrée principale de l'Europe grâce à la quiétude des eaux de son estuaire de la Gironde.

Bordeaux, capitale de l'Aquitania qui était désormais la seule nouvelle nation stable du continent européen. L'Aquitania et son peuple qui avaient su préserver l'intégrité de leur nation quand il s'était agi à regret, mais par nécessité, de se replier sur leur territoire. Bordeaux, qui en ce jour de mai 2050, est l'acteur principal de l'Événement qui va consacrer sa renommée internationale.

Jean-Philibert pousse la porte de l'hôtel Intercontinental sur la place de la Comédie en face de l'Opéra. C'est là que Gaston lui a donné rendez-vous.

- Jean-Philibert, mon ami !
- Gaston ! As-tu bien voyagé ?

Les deux amis se retrouvent. Seize années ont passé depuis le retour de Gaston au Canada. Seize années durant lesquelles ils n'ont pu échanger que du courrier dans un premier temps, avant que les liaisons téléphoniques et les serveurs Internet aient pu retrouver une puissance suffisante pour permettre aux Nations Réunies de communiquer aisément entre elles. Seize années sans avoir la possibilité, puis l'occasion, de traverser l'Atlantique.

Ils ont bien changé en seize ans. Et pourtant leurs premières paroles sont bien banales. Comme s'ils s'étaient séparés la veille. Mais se sépare-t-on jamais quand on est de vrais amis ?

- La traversée a été magnifique. Et en seulement cinq jours, tu te rends compte ? Les bateaux que nous fabriquons désormais à Halifax vont nous changer la vie. Nous allons pouvoir enfin consolider nos échanges entre le Canada et l'Aquitania. Ce sera un premier pas vers une véritable reconstruction de l'Amérique et de l'Europe. Le reste du Monde suivra.

- Tu as raison Gaston, et je partage ton enthousiasme. Je souhaite seulement que nous ne commettions pas à nouveau les erreurs du passé. Il nous faut un Monde ouvert entre les nations, sans idéologie. Il nous faut aussi continuer à développer nos énergies vertes. Nous avons fait dans le domaine des progrès gigantesques. La planète respire à nouveau, les transports en commun se sont développés et nous obligent à plus de convivialité. Nous devons rester toutefois vigilants vis-à-vis de ceux qui voudraient profiter de la reconstruction pour s'enrichir de manière éhontée.

- Toujours aussi méfiant dans la nature humaine à ce que je vois. Tu ne changeras donc jamais.

- Tu as raison, Gaston. Laissons la politique un instant de côté. Viens je t'emmène visiter la ville. Nous avons juste un peu de temps avant la cérémonie.

Les deux amis passèrent le reste de la journée à se promener dans les rues de Bordeaux. La ville avait connu un essor économique important juste avant le Grand Bouleversement avec l'arrivée du TGV qui la reliait à Paris en deux heures. Le quartier Saint Jean avait vu nombre de sièges sociaux de grandes entreprises quitter Paris pour profiter de coûts immobiliers et de main d'œuvre moindres. L'immobilier s'était vu totalement remanié au point que le quartier prenait peu à peu un air de Défense parisienne, en plus petit. Le dynamisme de l'aéroport avait également incité beaucoup d'entreprises anglaises à venir s'installer en Aquitania pour échapper aux rigueurs économiques du Brexit. La population anglaise installée en Nouvelle Aquitaine avait été multipliée par dix à la veille du Grand Bouleversement pour représenter pas loin de dix pourcents de la population totale de la région. La désintégration économique du Monde d'après le Grand Bouleversement accéléra l'exode des migrants britanniques vers Aquitania. Vingt-six ans plus tard, les ressortissants anglais comptaient pour le tiers de la population de la jeune nation. Ils s'étaient répartis un peu partout sur le territoire, mais beaucoup d'entre eux résidaient à Bordeaux.

La ville avait dû s'adapter aux vicissitudes énergétiques du moment. Les véhicules à pétrole avaient totalement disparu. Ils avaient été remplacés par les transports en commun mus à l'électricité solaire ou par la locomotion à cheval. Attelages et cavaliers avaient envahi à nouveau la ville, et toute une nouvelle économie tournée autour du cheval s'était développée. Et comme on s'aperçut rapidement que l'air était devenu plus respirable et que le cheval redonnait le sourire à tout le monde, plus personne ne souhaitait un retour aux embouteillages fiévreux des heures de pointe en automobile.

Après un déjeuner chez Albert, fameux restaurant sur le cours de Verdun dirigé par un chef étoilé dans le guide Michel Vaillant, les deux amis se rendent rive droite en empruntant le Pont de Pierre pour participer à l'inauguration du bâtiment qui désormais abritera les sessions annuelles du Parlement des Nations Réunies. Jusqu'à présent, ces sessions se tenaient par vidéo-conférence, mais il était vite apparu que rien ne remplaçait le contact humain direct. Alors il avait été décidé de les organiser un fois par an à Bordeaux l'espace d'un été européen, de juillet à août. Ces sessions traiteraient des points fondamentaux de l'Alliance des Nations Réunies en matière de transport, de télécommunications et de douane. Les autres points concernant la politique, la défense, ou tout autre sujet, restant de la stricte compétence des Nations elles-mêmes, au sein toutefois d'une entente stratégique commune assortie d'un pacte de non-agression.

Jean-Philibert et Gaston pénètrent dans le nouveau bâtiment. Ample et lumineux, il regroupe les cinq-cent-soixante-deux représentants des Nations Réunies. Tous sont là pour ce jour unique, impatients de participer à ce que d'aucun qualifie déjà d'Événement.

A 15h00 précises, trois coups résonnent sur le sol. Le silence se fait.

Les portes de l'hémicycle où siègent les représentants s'ouvrent. Les premières notes du *God Save the King* retentissent alors que King William accompagné de son épouse Kate font une entrée majestueuse. Arrivés en bas du perchoir, ses majestés se retournent vers les représentants des peuples des Nations Réunies, qui d'une seule voix les acclament par un *Long Life to our*

Precious King tout en découvrant le nouveau drapeau des Nations Réunies jusqu'alors tenu secret par les Yeomen Warders de la Tour de Londres : un coq chevauchant un kangourou, et tenant dans son bec une rose rouge couchée sur une feuille d'érable.

- J'ai comme l'impression que nous nous sommes fait avoir dans cette histoire de Brexit, murmure Jean-Philibert à son ami.

- Ça t'étonne ? lui répond Gaston.

Fin de partie à Saint-Pierre et Miquelon

Jean-Gwenaël devait faire vite : l'honneur de la France et la vie de Joliette en dépendait.

Tout avait commencé il y a trois jours lorsque le patron de la Direction Générale de la Sécurité Extérieure l'avait convoqué dans son bureau.

- Que savez-vous des Zones Économiques Exclusives maritimes, agent Rochefort ?

- Ce sont des zones géographiques qui prolongent les façades maritimes des États et sur lesquelles ils exercent leur pleine souveraineté, notamment sur tout ce qui touche au transport maritime, à la pêche, aux gisements pétrolifères et miniers, et plus récemment aux éoliennes. Posséder de telles zones devient stratégique pour les États qui peuvent s'en prévaloir. La France, grâce à ses territoires de par le Monde, se place à la deuxième place des États les plus vastes en matière de zones maritimes territoriales, juste derrière les États-Unis.

- Et les passages maritimes du Nord-Est et du Nord-Ouest ?

- Ce sont des voies maritimes qui flirtent avec l'Arctique, l'une au nord de la Russie et l'autre du Canada. Ce sont les routes les plus courtes entre l'Europe, l'Amérique et l'Asie et que le réchauffement climatique rend tous les ans plus accessibles.

- Et bien Rochefort, venons-en à l'essentiel. La France et le Canada ont de tous temps nourri des relations de frères ennemis. Frères d'armes au moment de l'indépendance du Canada et durant les deux guerres mondiales du XXème siècle, leurs relations se sont tendues récemment sur la question de la Zone Économique Exclusive de Saint-Pierre et Miquelon. Alors que la France souhaite étendre cette zone au-delà de son actuel corridor vers le Sud, le Canada voit d'un mauvais œil que cette zone vienne traverser ses champs pétrolifères. L'arrivée récente au pouvoir de deux hommes forts nouveaux, le

Président de la République française et le Premier Ministre du Canada, est toutefois en train de changer la donne. Tous deux ont compris l'intérêt de poser les bases d'une nouvelle coopération sur la question des océans : en parlant d'une même voix, la France et le Canada deviendraient la première puissance maritime mondiale. Leur poids serait alors considérable dans les discussions internationales, et chacun y trouverait son compte en préservant son pré carré : l'Arctique pour le Canada, et les zones australes pour la France. Pour sceller un pacte en ce sens, les deux hommes, qui par ailleurs se vouent une amitié réciproque, ont décidé de la tenue d'un sommet à Saint-Pierre et Miquelon au cours duquel ils ont l'intention d'annoncer la fusion des Zones Économiques Exclusives des deux pays.

- J'imagine que cette annonce risque d'être mal vécue par les autres puissances maritimes, et par bon nombre d'intérêts privés qui s'opposent à toute nouvelle réglementation venant contrarier leur exploitation des routes maritimes et des ressources naturelles océanes.

- Oui, et le problème est que cette nouvelle s'est ébruitée, ce qui nous fait craindre, selon nos sources, une action agressive de ces puissances politiques ou commerciales à l'encontre des représentants français et canadiens qui viennent d'arriver à Saint-Pierre et Miquelon pour préparer le sommet. Vous partez donc demain par la ligne aérienne régulière créée l'année dernière au départ de Paris pour désenclaver l'Archipel. Votre mission consiste à déjouer ce complot par tous les moyens.

Le lendemain, déguisé en simple touriste attiré par une destination originale, Jean-Gwenaël s'envolait pour un vol agréable d'un peu plus de six heures au bout duquel il se posait sur l'aéroport de Saint-Pierre Pointe Blanche. Après un dîner rapide à l'hôtel Robert, il entreprit une promenade nocturne en ville.

Jean-Gwenaël connaissait un peu Saint-Pierre et Miquelon pour y être déjà venu enquêter sur des trafics de tous ordres entre l'Europe et l'Amérique du Nord. Il faut dire que la situation géographique de l'Archipel s'y prête : petit coin de France en bordure du Canada, Al Capone lui-même l'avait déjà remarqué au temps de la prohibition aux États-Unis. La mission de Jean-Gwenaël n'avait pas donné grand-chose, à croire que de fausses rumeurs étaient entretenues dans l'unique but de faire que l'Archipel ne soit pas oublié du pouvoir politique métropolitain. Jean-Gwenaël avait néanmoins gardé un très bon souvenir de son voyage, et notamment de Joliette, belle jeune femme rousse, son homologue canadienne qui enquêtait aussi sur le sujet pour le compte des services secrets de son pays. Pour passer inaperçus, ils avaient décidé de se présenter comme mari et femme en voyage touristique. Et ils avaient bien aimé cette couverture, même si elle ne fut que de courte durée. La mission terminée, ils étaient rentrés chez eux sans jamais plus se revoir. C'était il y a cinq ans.

Laissant le port sur sa droite, Jean-Gwenaël s'approchait du Joinville. Bar mythique à la grande époque de la pêche à la morue, l'établissement avait du mal à retrouver une nouvelle jeunesse. Mais ce soir, il semblait faire salle comble et Jean-Gwenaël en franchit la porte au milieu d'une ambiance très chaude. Une grande banderole trônait au-dessus du bar, sur laquelle on pouvait lire : « Liberté pour nos océans ». La clientèle était bigarrée, faite d'un mélange de militants écologistes, anarchistes et anticapitalistes. Les conversations allaient bon train, entrecoupées de chansons folk et révolutionnaires. Après avoir commandé une bière au bar, Jean-Gwenaël se sentit comme aspiré dans un coin retiré de l'établissement ; ce parfum et cette chevelure rousse ne pouvant appartenir qu'à une seule personne.

- Bonjour ma belle Joliette, ça fait un bout de temps !
- Hey my love, serait-ce un vent de nostalgie qui t'amènerait par ici ?
- Qui sait, ma belle.

Ils tombèrent dans les bras l'un de l'autre et s'embrassèrent à en mourir.

Reprenant leur souffle, les deux toujours amoureux décidèrent d'ouvrir une nouvelle page de la coopération entre services secrets français et canadiens, car il ne faisait aucun doute pour chacun que l'autre était en service commandé, ici à Saint-Pierre et Miquelon.

- Bon, je commence ma belle.

Et Jean-Gwenaël de raconter le but de sa mission, à savoir déjouer une probable action commando contre une délégation franco-canadienne, sans en savoir bien plus et en toute discrétion évidemment.

- J'ai peut-être un peu plus d'avance sur toi, mon bel amoureux. Ça fait quelques temps que je surveille quelques groupuscules écologistes au Canada dont l'un des mots d'ordre est « Liberté pour nos océans », le même que celui que tu vois écris sur la banderole au-dessus du bar. Ils s'opposent à toute souveraineté sur les océans au motif que les océans sont la dernière frontière qu'il faut protéger de l'avidité des capitalistes et des États à leur solde. Ils prônent leur gouvernance par un gouvernement mondial placé sous l'égide de l'ONU qui veillerait au respect de leur intégrité et lutterait contre le pillage des ressources qu'ils renferment. Une utopie qui n'a que peu de chance d'aboutir tant les enjeux géopolitiques sont importants. Mais ces groupuscules s'attirent la sympathie des populations, et plus dangereusement la bienveillance, voire le soutien occulte, de certains États et de certaines multinationales qui voient dans ces trublions un moyen efficace d'embarrasser les discussions diplomatiques en cours sur le partage des eaux internationales.

- Mais que viennent-ils faire ici ? La réunion entre nos représentants pour préparer le sommet entre notre Président et votre Premier Ministre est secrète.

- Ne fait pas l'œuf, mon bel amoureux. Tu sais très bien que des secrets pareils ne le restent pas bien longtemps. Tous les gars que tu vois ici sont arrivés ce matin sur leurs voiliers. Ils mouillent dans et autour du port de plaisance. Certains parlent d'un coup qui va faire parler d'eux, mais personne n'en dit plus. A croire qu'ils ne savent pas tout eux-mêmes. Ce qui est sûr, c'est qu'ils comptent accompagner en mer la délégation qui doit faire le tour de l'Archipel à bord d'un bateau affrété par la Préfecture. J'ai réussi à m'infiltrer à Halifax dans l'équipage d'un de ces voiliers pour suivre tout ça de plus près.

- C'est intéressant. Je suis sûr que le Fulmar, le bateau de la Marine Nationale française qui est basé ici, va suivre ces évolutions de près aussi. Je vais me débrouiller pour m'y faire inviter. J'y ai une connaissance rencontrée lors d'une de mes missions en terres australes.

- On n'embarque que demain vers 10h00. D'ici là, tu m'enlèves mon bel amoureux ?

- Bien sûr, ma belle.

La nuit fut courte mais les retrouvailles sincères. Jean-Gwenaël avait retrouvé Joliette comme lorsqu'ils s'étaient quittés. La douceur de son corps, le parfum de sa peau, ses gestes tendres après l'amour. Pourquoi ne s'étaient-ils plus revus après leur dernière nuit à Saint-Pierre ? A cause de leur métier peut-être, qui n'était pas très propice à cultiver de longues relations, surtout entre services secrets qui pouvaient à tout moment se retrouver concurrents. Ou bien plus simplement de peur de casser un bonheur s'il devenait une habitude, d'emmener dans la mort inéluctable un amour si vivant dans un présent éphémère. Non décidément, Jean-Gwenaël n'aimait pas les réveils au petit matin.

Ils s'étaient séparés de bonne heure, Joliette se hâtant de retourner à bord de son voilier et Jean-Gwenaël prenant un rapide petit déjeuner avant de passer un coup de fil.

- Bonjour Pierre-Guillaume. Avez-vous pu débarquer tout mon matériel de l'avion hier soir ?
- Les trois caisses sont à bord. Et elles ont l'air bien remplies.
- Je n'aime pas partir trop léger dans ce genre de voyage. Il y a souvent des imprévus.
- Comme à Crozet l'année dernière ?
- Oui.

Pierre-Guillaume commandait depuis peu le Fulmar, après avoir vogué quelques années dans l'Antarctique sur le Marion Dufresne. Il aimait ces espaces rudes et appréciait la liberté d'action dont il jouissait pour pouvoir accomplir ces missions extrêmes. Jean-Gwenaël l'avait contacté avant son départ de Paris en lui demandant de réceptionner le matériel que lui avait confié le professeur Pi, le patron de la division Recherche et Développement au sein de la DGSE. Bien évidemment, il s'était gardé d'en parler à Joliette, ça n'aurait rien apporté de plus.

- Vous êtes au courant de ce qui se trame aujourd'hui, j'imagine ?
- Oui, et je vous attends à bord. Nous appareillons dans une demi-heure, histoire d'aller faire quelques ronds dans l'eau en attendant de voir comment les choses évoluent.
- A tout de suite.

Au dehors, une brume épaisse, fréquente en cette période de l'année, enveloppait les maisons colorées de Saint-Pierre. Personne dans les rues à cette heure matinale. Jean-Gwenaël rejoignit le port, de l'autre côté du grand bâtiment de La Poste. Un canot à moteur l'y attendait qui l'emmenait au large, au-delà de la digue que l'on devinait à peine depuis terre. Arrivé au bord du Fulmar, Jean-Gwenaël escalada l'échelle de coupé en haut de laquelle l'accueillit Pierre-Guillaume.

- Heureux de vous avoir à bord.
- Plaisir partagé.

- Le chef mécanicien s'est occupé de votre matériel. Il faudra dire à Pi que ses notices d'assemblage n'ont rien à envier à celles de certains marchands de meubles. Tout est monté, et il n'y a même pas une seule pièce de trop.

Pierre-Guillaume emmena Jean-Gwenaël visiter le navire, un ancien chalutier racheté par la Marine Nationale et reconverti en bâtiment de surveillance avec des équipements de détection et de transmission de toute dernière technologie.

- Vous disposez d'un bien bel outil avec ce navire, commandant.
- La seule chose qui nous manque est une réelle puissance de feu qui nous permette d'intervenir le cas échéant. Notre mission se borne donc à la surveillance et aux interventions mineures. Mais ce devrait être suffisant pour aujourd'hui. Tiens justement, je crois que les manœuvres commencent.

Sur le radar du poste de commandement, une dizaine de petits points lumineux verts figurant les voiliers des activistes poursuivaient un point bleu, le navire de la Préfecture. Mettant le cap au Sud en pleine brume, la flottille s'éloignait de la côte pour parcourir la Zone Économique Exclusive de Saint-Pierre et Miquelon. C'est alors que d'autres points verts apparurent sur l'écran radar faisant route vers le point bleu. Après une demi-heure de course poursuite, le point bleu était cerné.

- A nous de jouer maintenant. Nous tenons un flagrant délit de piraterie maritime, ce qui va nous permettre d'interpeller tout ce beau monde. Rassurez-vous Rochefort, les membres de la délégation secrète ne sont pas à bord du navire de la Préfecture. Il s'agit d'un leurre avec des gendarmes qui les remplacent pour nous prêter main forte.

Sans savoir pourquoi, Jean-Gwenaël ne partageait pas l'optimisme du pacha, comme on le nommait avec respect sur le Fulmar. Car si Joliette disait vrai, ces activistes étaient bien trop rompus à la manipulation pour se laisser entraîner aussi facilement dans un traquenard.

Bien caché dans la brume, le Fulmar s'avançait vers la zone d'arrestation tandis que les gendarmes enregistraient les faits et gestes de leurs assaillants. Cinq minutes s'étaient à peine écoulées lorsque Jean-Gwenaël remarqua sur le radar du pacha un point vert qui accostait sur une petite île à l'Est de Saint-Pierre en direction des eaux territoriales canadiennes de Terre-Neuve. Dans les secondes qui suivirent, le pacha reçut sur sa fréquence personnelle un appel radio venant de ce point vert.

- Bonjour Commandant. N'essayez pas de comprendre comment j'ai fait pour capter votre fréquence radio pourtant si bien protégée. Nous nous doutions que vous nous prépariez un piège, mais en final, c'est vous qui tombez dans le nôtre. Nous avons décidé de donner une bonne leçon à tous ceux qui veulent imposer leur loi sur les océans. A commencer par la France et le Canada. Nous allons faire sauter l'île Verte, juste sur la frontière entre ces deux pays. Et pas n'importe comment : au moyen d'une bombe atomique. Vous ne me croyez pas ? Regardez !

L'écran radar du pacha se transforma alors en écran vidéo. A côté d'un hélicoptère prêt à partir, une ogive nucléaire que Jean-Gwenaël reconnut comme de type russe MX12 reliée à un détonateur SB27 de même origine. Et enchaînée à l'ogive, Joliette.

- Au fait, nous sommes désolés pour Joliette, mais notre mouvement n'aime pas les infiltrées, si charmantes soient-elles. Je vous laisse, j'ai à faire ailleurs.

A peine la transmission terminée, Jean-Gwenaël se précipite à l'arrière du Fulmar. Le réacteur du mini-jet installé sur sa rampe de lancement est déjà en marche. Le chef mécanicien du Fulmar a fait du bon travail et Jean-Gwenaël sait pouvoir compter sur l'artillerie mise à sa disposition par Pi. Deux minutes plus tard, il rejoint l'hélicoptère en vol, l'ajuste dans son viseur, et lui règle son compte au moyen d'un bon vieil Exocet miniaturisé. Puis il se pose en douceur sur l'île Verte.

Le cadran de l'ogive affiche encore quarante-sept secondes avant l'explosion. Faisant pivoter le talon de sa chaussure droite, Jean-Gwenaël en sort une lime à ongle avec laquelle il dévisse consciencieusement le couvercle du détonateur donnant accès à un fil rouge et à un fil bleu. Faisant ensuite pivoter le talon de sa chaussure gauche, il en sort une paire de ciseaux à ongle, prend l'avis de Joliette sur la couleur du fil à sectionner, laquelle reste perplexe, ce qui le décide sans savoir pourquoi à couper le fil bleu juste au moment où le cadran affiche le chiffre un.

Usant une dernière fois de sa lime à ongle, il libère Joliette.

- Mon amour, tu as encore une fois réussi à sauver le monde.
- C'est toi que je cherchais à sauver avant tout, ma belle.

Et sur ces mots, ils s'envolent tous les deux à bord du mini-jet de Pi pour une destination inconnue, en coupant toutes les communications.

Django

Il fait beau en ce samedi matin à Savirac. Un camping-car est dans un pré, non loin du village. Il est bicolore, crème au-dessus et rouge en-dessous. Treize hommes l'entourent, un fusil à la main. Le soleil vient de se lever, l'air est frais.

- Sors de là Django. Tu vas faire moins le malin maintenant.

Une voix s'élève de l'intérieur.

- Je ne comprends pas comment on peut être aussi con. Enfin, tu l'auras voulu.

Savirac est un petit village du Sud-Ouest. Une bastide plus précisément, c'est-à-dire un village médiéval dont le plan général a été conçu pour que le village résiste par lui-même à d'éventuels envahisseurs : rues étroites, si possible en cercle autour d'une place principale accueillant le marché, habitations périphériques formant une sorte de rempart, avec chemin de ronde incorporé. Installées sur des nœuds de communication terrestres reliés entre eux par des routes, des rivières navigables, les bastides étaient en fait de vastes plateformes commerciales qui permettaient aux habitants des environs de venir vendre leurs productions agricoles et de se ravitailler en denrées de toutes sortes.

Mises en sommeil pendant la deuxième moitié du XXème siècle à cause de l'exode rural et de l'avènement de la voiture individuelle, les bastides retrouvent peu à peu un certain essor par la grâce combinée du développement du tourisme, de la mode du bio, du consommer-près-de-chez-vous, et de l'immigration britannique et bobo parisienne, tous moteurs essentiels à une nouvelle économie locale trouvant son expression culturelle et financière dans ce qui fut de tout temps l'atout stratégique essentiel des bastides : leurs marchés.

À Savirac, le marché a lieu le dimanche. Un marché qui rassemble l'été, et surtout en période de vacances, plus de deux cents producteurs et marchands, et qui attirent des milliers de visiteurs et de consommateurs.

Une bonne affaire pour tous.

Pas étonnant dès lors, qu'une telle réussite commerciale ait attiré avec le temps quelques malfaisants. Car des réussites, il y en avait.

Jean, par exemple, le rôtisseur de cailles. Son affaire marche bien. Il faut dire que ses cailles sont extra et qu'il sait les faire rôtir. Ç'en est à un tel point qu'il faut les lui réserver par téléphone le dimanche matin si on ne veut pas se satisfaire seulement de ses poulets ou rôtis de porc, fort bons aussi au demeurant, mais ce ne sont pas des cailles. Jean n'a pas fait que ça dans sa vie. Mais il a toujours été fidèle aux marchés. À une époque lointaine, il vendait des chapeaux en Seine-Saint-Denis. Et puis plus tard des livres d'occasion, avec une prédilection pour les romans de science-fiction et pour les polars. Des livres pas chers que les gamins, ses clients préférés, pouvaient s'offrir avec leur argent de poche, repartant avec un tel bonheur dans les yeux. Fatigué de Paris, Jean s'était découvert une nouvelle attache dans le Périgord, en même temps qu'un de ses amis le convertissait à la vente sur les marchés régionaux de soupe au potimarron, puis à l'élevage de cailles pour leurs œufs qui faisaient fureur depuis peu, ce qui le conduisit naturellement par voie d'intégration industrielle verticale classique à la rôtisserie desdites cailles, élargie enfin tout ce qui se rôtit.

Et puis Madeleine la vigneronne qui élève son vin sur les coteaux de Monbazillac. Un vin bio issu de vignes où elle fait pousser entre ses rangs des fèves pour fertiliser naturellement la terre et dans lesquels sont réapparues les baraganes sauvages que l'on s'arrachait dans les années 50 sur les marchés. Fille de viticulteur, elle a repris l'exploitation de son père après son BTS agricole. Elle aurait pu faire d'autres études, elle en avait les capacités et le goût. Mais l'appel du terroir était trop fort. Elle n'avait pas pu résister.

Josiane quant à elle venait d'un tout autre milieu. Sortie d'une grande école de commerce parisienne, option marketing, elle avait passé ses quinze premières années professionnelles à se forger une belle réputation dans son domaine en prenant soin de changer d'employeur tous les quatre ans pour démontrer à la fois son audace, savoir bouger, et sa fidélité, pas trop quand même. Et puis un jour, parce qu'elle n'arrivait pas à trouver le bon « fit », comme elle disait, avec son patron de l'époque, et que de surcroît ses amours parisiens s'avéraient navrants, elle jeta l'éponge, s'installa dans le Périgord pour y faire pousser des plantes aromatiques que son génie du marketing eut tôt fait de promouvoir sur les marchés alentours.

Albert, le maraîcher, avait une histoire encore différente. Pas très doué pour l'agriculture en dépit de son BTS agricole, il avait le sens du commerce, ce qui n'est pas donné à tout le monde. Sa faconde et son empathie avec les gens lui avaient permis de bâtir tout un réseau de producteurs dont il était devenu le distributeur sur les marchés.

Tous s'en sortait très bien financièrement. Même, Evelyn, la fromagère, qui avait quitté, au bord d'un « burnout » sévère, les salles de marchés financiers de Wall Street pour venir élever des brebis dans ce Périgord qu'elle avait visité l'espace de quelques jours de repos accordés par son employeur américain il y avait quelques années de cela. Ou encore, Elsa qui vendait ses propres pâtisseries renommées dans tout le canton, Vincent l'éleveur taciturne de canards, Sylvain le gaveur de cagouilles, amoureux en secret de la belle Evelyn à laquelle il n'osait pas déclarer sa flamme même s'il sentait que ladite Evelyn n'était pas insensible à ses approches maladroites.

Tous avaient eu aussi la visite de la bande à Percheu.

Percheu était un homme d'une cinquantaine d'années, brun au teint buriné, plutôt costaud dans son mètre quatre-vingt. On ne savait rien de lui. Ni où il était né, ni quelle était son histoire, encore moins sa famille. Ce qui était sûr, c'est qu'il était venu voir Jean il y a trois semaines, en fin de marché. Il lui avait demandé dix pour-cent de sa recette du jour payable illico s'il ne voulait qu'il lui arrive des bricoles. Jean l'avait évidemment éconduit. Et le lendemain matin, il avait retrouvé son poulailler saccagé avec juste une note sur la porte restée ouverte : dimanche prochain ce sera vingt pour-cent.

Le dimanche suivant, l'atmosphère au marché de Savirac était lourde. Après s'être installée à sa place habituelle, Madeleine avait fait le tour des étals avant l'affluence. Tous avaient eu affaire à la bande à Percheu durant la semaine sur les différents marchés du coin. Évidemment, ils avaient tous résisté. Et non moins évidemment, ils en avaient subi les conséquences le lendemain : Madeleine avait retrouvé une barrique de vin éventrée dans son chai, une pleine caisse d'herbes aromatiques de Josiane avait été aspergée de mazout, un carré de carottes d'Albert avait été passé au glyphosate, Evelyn n'avait pas réussi à retrouver toutes ses brebis qui s'étaient échappées de leur enclos par la brèche faite dans sa clôture, Elsa avait retrouvé des mites dans ses sacs de farine, Vincent et Sylvain couraient toujours après leurs canards et leurs escargots.

Tous avaient bien pensé avertir la gendarmerie. Mais c'eût été prendre le risque de la voir venir jeter un coup d'œil un peu trop appuyé sur leurs affaires. Non, il fallait régler ça différemment. Jean expliquerait aux autres comment faire après le marché en allant boire un verre comme d'habitude au Café des Sports tenu par Georgios.

À treize heures, Percheu et sa bande apparurent. Percheu et ses douze larrons, récoltant ce qu'ils appelaient une double dîme cette fois-ci pour n'avoir pas été compris le dimanche précédent. De mauvaise grâce, Jean, Madeleine, Josiane, Albert, Evelyn, Elsa, Vincent et Sylvain s'exécutèrent et la bande à Percheu disparut. Après avoir remballé leur matériel et les quelques invendus qui leur restaient, les compères se retrouvèrent chez Georgios, qui leur dit au passage qu'il était également victime de la bande à Percheu. Jean leur expliqua alors son idée.

Il y a bien des années, lorsqu'il faisait les marchés en Seine-Saint-Denis, il avait fait la connaissance de Django. Un gars costaud, au look de gitan. C'est pour ça qu'on l'appelait Django, même si personne ne savait d'où il venait, ni s'il était gitan. Django vivait en marge de tout, et se mettait au service des bonnes causes quand il fallait des moyens échappant au cadre de la justice classique. Un genre de Zorro des banlieues. L'exact contraire de Percheu, même si le mystère qui entourait leurs styles de vie était le même. Django n'avait pas de domicile fixe. Il se déplaçait dans un camping-car. Ses tarifs étaient des plus raisonnables, Django ne travaillant pas pour l'argent. Jean savait comment le contacter, en activant une vieille filière. Tous applaudirent à l'idée de Jean, et Georgios offrit une tournée générale.

Le dimanche suivant, alors qu'un accordéoniste aveugle installé sous la halle aux grains de Savirac jouait la musique de La Scoumoune, Percheu et sa bande collectèrent en un temps record leur dîme dominicale. Mais de retour au parking où ils avaient garé leurs grosses motos, Percheu découvrit son Harley Davidson en feu, entourée à distance raisonnable de nombre de curieux. Sans demander son reste, la bande enfourcha ses bolides avant l'arrivée des gendarmes, Percheu s'étant d'autorité emparé de la moto de son lieutenant.

Le scénario se répéta toute la semaine, sur les marchés où Percheu et sa bande s'activaient. Si bien que le vendredi qui suivait, Percheu était vert de rage, d'autant qu'à ce train-là il devrait bientôt prendre en croupe sur sa moto son lieutenant ce qui rendrait leurs expéditions ridicules. C'est alors que la musique de l'accordéoniste lui ouvrit les yeux. Cette musique lancinante qu'ils entendaient sur tous les marchés depuis une semaine, c'était évidemment un signal. Et le camping-car qui était garé à chaque fois à côté de leurs engins, n'était sûrement pas là par hasard. Il explosa de colère et brisa tout ce qui se trouvait à sa portée dans la grange qui leur servait de repaire momentané avant d'aller écumer d'autres horizons.

- Il est à Savirac ce fils de pute. Il s'appelle Django, lui dit son lieutenant de retour de ronde.
- Nous allons lui apprendre la vie. Demain matin.

Ce matin donc, treize fusils sont pointés sur le camping-car de Django.

- Sors de là-dedans Django. Tu vas faire moins le malin maintenant.
- Je ne comprends pas comment on peut être aussi con. Enfin, tu l'auras voulu.

La musique de l'accordéon se fait alors entendre.

Percheu tourne la tête dans sa direction. Ses douze salopards font de même. Face à eux, Django, un micro à la main. Il a pris soin d'avoir le soleil dans le dos pour faire face à la bande à Percheu. A côté de lui, Lucio, son fidèle accordéoniste, pas plus aveugle que Percheu n'est intelligent. Django repousse en arrière les pans de son long manteau, laissant apparaître deux Colt 45 dans leurs fourreaux de cuir. Il range dans la poche arrière de son pantalon le micro qu'il avait branché à distance sur l'autoradio de son camping-car pour faire croire à Percheu qu'il s'y trouvait. Lucio quant à lui pose son accordéon à terre et sort sa Winchester de derrière son dos. Les deux hommes font face à la bande à Percheu.

- Tu n'es pas de taille, Django.
- Tu paries ?

Percheu explose de rire et lance le signal à sa bande qui fait aussitôt feu, provoquant la riposte immédiate de Django et de Lucio. Les balles fusent de toutes parts. Dix secondes plus tard, Django et Lucio ont mis la bande à Percheu hors d'état de nuire.

- Ça va ? demande Django touché au bras droit.
- Ça va, lui répond Lucio touché lui-même à la jambe gauche.

- On s'arrache, Lucio. Avec mon bras en moins, tu vas devoir conduire.
- Et avec ma jambe en moins, heureusement que ton camping-car a une boîte automatique.
- Te plains pas. Ton accordéon et mon camping-car sont indemnes.

- …

- Hé, Django.
- Ouais ?
- Treize salopards à la douzaine, comme ils disent sur les marchés, c'était quand même fort.
- Ouais.

Nikujaga

Paris - 13 août 2020 - 07h30 - Rue de l'Arbre Sec

- Nom de nom ! C'est quoi cette embrouille ?

Le commissaire Alphonso ne comprend pas. Tout avait été pourtant soigneusement préparé. Il ne pouvait rien arriver. Et on vient lui apprendre au téléphone que les onze astrophysiciens, les plus réputés du Monde, et dont il doit assurer la protection depuis deux jours, viennent de s'évanouir dans la nature la nuit dernière. Ici, en plein Paris. Onze astrophysiciens. Les professeurs Nagashimo de l'université de Kyoto au Japon, Ouedraogo de l'université de Ouagadougou au Burkina Faso, Fletcher de l'université du Cap en Afrique du Sud, Dalton de l'université de Sydney en Australie, Coloane de l'université de Santiago au Chili, Delavega de l'université de Mexico au Mexique, Mills de l'université Columbia aux États-Unis, Lichtine de l'université de Saint-Pétersbourg en Russie, Yan-Lao de l'université de Shanghai en Chine, Walter de l'université d'Édimbourg en Écosse et Duchemin de l'Observatoire de Paris en France.

Leur hôtel est pourtant étroitement surveillé, avec de faux clients dans les chambres avoisinantes, ouvrant grands leurs yeux dans les couloirs et grandes leurs oreilles collées aux murs. Comment ont-ils pu se volatiliser ?

Les savants étaient arrivés il y a deux jours pour participer à Paris à la traditionnelle Nuit des Étoiles de mi-août, qui servirait de couverture à leur réunion annuelle secrète. Car le groupe des Onze, comme ils se nomment eux-mêmes, est en mission secrète pour l'ONU, celle de coordonner les travaux scientifiques internationaux sur les dangers qui rôdent autour de la Terre, tels les astéroïdes en déshérence, les explosions d'étoiles ou autres trous noirs inconnus ; autant de sujets d'angoisse potentielle pour les populations qu'il est préférable de canaliser le cas échéant, surtout en ces temps de Covid-19 troublant déjà passablement les esprits.

Cette année, c'est au tour de la France d'organiser cette réunion, et donc au commissaire Alphonso d'assurer la protection des personnalités en sa qualité de patron du SSVIPP, le Service Spécial de Protection des VIP à Paris. Le commissaire Alphonso en avait vu bien d'autres, notamment à l'époque des attentats de Paris. Alors la mise en œuvre d'un protocole sanitaire pour la Covid-19 avait été pour lui somme toute facile : mise en quarantaine des intéressés pendant quatorze jours avant leur départ, test PCR avant d'embarquer à bord de jets privés affrétés par l'État français, escorte rapprochée à l'arrivée jusqu'à l'Hôtel des Étoiles situé non loin de l'Observatoire de Paris, cadre prestigieux où ils participeraient à une Nuit des Étoiles télévisuelle sur France 2. Le professeur Duchemin quant à lui serait amené directement, et sous bonne escorte ça va sans dire, depuis son appartement situé sur la butte Montmartre après avoir suivi le même protocole sanitaire.

Les Onze avaient accepté de jouer le jeu eu égard à l'importance de leur mission secrète. D'autant qu'on constatait ces derniers mois dans les cieux une recrudescence d'événements que la mathématique céleste n'avait pas identifiés jusqu'à présent par manque de connaissances scientifiques : des trous noirs jusqu'alors improbables, des corps célestes inconnus qui se rapprochaient de la Terre, tous phénomènes qui ouvraient l'esprit humain vers une conscience toujours plus grande de la précarité de l'Humanité. Par ailleurs, les Onze aimaient à se retrouver, comme l'attestait le dernier mail du professeur Nagashimo adressé à ses collègues juste avant de quitter Kyoto dans lequel il faisait référence à leur dernier dîner à Ouagadougou au cours duquel il avait dégusté le meilleur Nikujaga de sa vie.

Leur première nuit à l'hôtel s'était passée sans incidents. Les savants s'étaient retrouvés comme de vieux amis pour un dîner léger autour d'une salade landaise, suivie d'un morceau de roquefort et d'une glace aux pruneaux, le tout accompagné d'un superbe Pécharmant et d'un Monbazillac pour le dessert. Le lendemain matin, ils s'étaient retrouvés pour un brunch plus que tardif dans l'après-midi, jetlag pour les uns et insomnies chroniques pour les autres aidant. Puis ils avaient rejoint l'Observatoire pour leur émission télévisée en direct, avaient fait le show, et avaient été raccompagnés à leur hôtel, toujours sous bonne escorte. Tout se passait jusqu'ici comme prévu, à la grande satisfaction du commissaire Alphonso.

- Nom de nom ! C'est quoi cette embrouille ? Qu'un ou deux de ces hurluberlus se perdent dans la nuit en voulant aller voir les étoiles, je veux bien. C'est ce qui était arrivé l'année dernière aux professeurs Coloane et Lichtine à Ouagadougou qu'on avait retrouvés dans le quartier des fondeurs de bronze à manger un ragoût avec les artisans en devisant sur des métaphores inspirées par la fusion du métal. C'est ce qui s'était passé aussi l'année d'avant, lorsqu'il s'était agi d'expliquer aux professeurs Delavega et Yan-Lao que certes la cosmogonie des aborigènes australiens était particulièrement époustouflante pour expliquer l'origine du Cosmos, mais que ce n'était pas une raison pour ne pas donner signe de vie pendant deux jours aux services chargés de les protéger à Alice Springs. Mais là, onze d'un coup qui disparaissent, nous allons être la risée des services secrets du Monde entier, messieurs. Je veux tout le monde au Quai dans quarante-cinq minutes.

Paris - 12 août - 23h50 - Carrefour de l'Odéon

- Chers collègues, permettez-moi tout d'abord de vous remercier pour avoir accepté de vous prêter avec autant d'entrain à votre disparition ce soir, et ainsi d'avoir répondu sans plus d'explication à l'appel que le professeur Nagashimo nous a lancé dans son dernier mail en utilisant le code dont nous étions convenus l'année dernière à Ouagadougou : *Nikujaga*, c'est-à-dire *Pot-au-Feu* en français. Merci également à notre hôte, Yves, d'avoir pu arranger notre *disparition* avec son ami de l'Hôtel des Étoiles, aux yeux et à la barbe des autorités françaises, et de nous permettre de nous réunir encore plus secrètement que d'habitude dans les cuisines de son Relais-Saint-Germain cette nuit. Professeur Nagashimo, dites-nous tout.

- Merci professeur Duchemin. Chers amis, j'ai besoin de votre aide pour vérifier mes calculs, et le temps presse. C'est pour ça que j'ai actionné notre procédure d'urgence, avec notre code secret Nikujaga. Parce que la vérification de mes calculs risque de prendre plusieurs heures, et je crains que l'événement dont je vous ai parlé l'an dernier ne se produise dans une semaine, ici, en plein Paris. Ce qui laisserait vraiment très peu de temps aux gouvernants de notre planète pour réagir.

- Que s'est-il passé, professeur, qui accélère vos hypothèses ? interroge le professeur Mills. Vous nous aviez affirmé l'an dernier que cela devrait prendre encore une bonne dizaine d'années, et que d'ici là nous aurions le temps de préparer les esprits.

- C'est que … enfin … c'est-à-dire que ...
- Ne me dites pas que vous avez osé, professeur ! Vous vous étiez engagé à ne pas agir seul lorsque vous nous avez fait part de votre découverte l'année dernière à Ouagadougou
- C'est que … enfin … c'est-à-dire que ...
- Professeur Nagashimo : avez-vous osé ?
- Eh bien, oui, je le confesse. Mais je me suis peut-être trompé dans mes calculs.
- Professeur Nagashimo, avant de vous aider à vérifier vos calculs, dites-nous plutôt ce que vous leur avez promis.

Et le professeur Nagashimo de raconter à ses collègues comment, après avoir réussi à ouvrir une ligne de télécommunication intergalactique, il avait réussi à entrer en contact avec une vie extraterrestre, à déchiffrer son langage, à converser avec eux. Ils lui avaient raconté que la vie sur leur planète était un peu monotone et qu'ils s'ennuyaient un peu. Alors quand ils avaient réussi à entrer en contact avec la Terre, ça les avait terriblement excités. Certes, nous avions des penchants égoïstes insupportables, qui expliquaient vraisemblablement l'essentiel de nos malheurs. Mais nous avions aussi des sources de bonheur et de joie qui avaient disparu de chez eux et qu'ils aimeraient bien goûter, juste pour voir. C'est tout.

- Professeur Nagashimo, vous nous aviez pourtant donné votre parole.
- Je n'ai pas pu attendre, chers collègues. J'en suis désolé. Et puis nous n'avons pas le temps de discuter. Pour les attirer, je leur ai promis quelque chose qui les fait rêver, vu l'état de leur planète. C'était la semaine dernière. Ils ne m'ont répondu que quelques minutes avant que je prenne mon avion à Kyoto. C'est pour ça que je vous ai envoyé mon message codé, en urgence. Je vous en conjure, mettons-nous au travail. Nous n'avons pas beaucoup de temps. Décrypter leurs messages n'est pas simple, cela fait appel à beaucoup de mathématiques encore. J'ai besoin de votre aide pour être sûr de la date.

Consternés par le manque de parole de leur collègue à leur égard, mais le pardonnant toutefois car eux-mêmes auraient fait vraisemblablement de même, les savants se mettent à l'ouvrage. Pendant ce temps, Yves se mettait aux fourneaux pour leur préparer un pot-au-feu à la japonaise, car la nuit allait être longue.

Paris - 13 août - 07h55 - Carrefour de l'Odéon - Cuisines du Relais-Saint-Germain

- Nous sommes donc tous d'accord. C'est bien demain matin à 08h02 sur le Pont Neuf que nos amis extra-terrestres débarquent, interroge le professeur Nagashimo.
- Désolé mon ami, rétorque le professeur Dalton. Vous avez, comme à l'habitude, oublié la Constante de Majanski dans votre calcul.
- Mais alors … alors … ils arrivent dans …
- Sept minutes, très cher.

Paris - 13 août - 08h02 - Pont Neuf

Un éclair déchire le ciel de Paris et s'abat sur le trottoir du Pont Neuf, au pied de la statue du bon roi Henri IV, juste à l'instant où le commissaire Alphonso arrive à pied de son appartement pour se rendre à son bureau du Quai des Orfèvres.

- Nom de nom ! C'est quoi cette nouvelle embrouille ?
- Bonjour. Je m'appelle Wxhkjzlp. Et je viens chercher ce que vous nous avez promis.
- Pardon ?

- Ben oui, quoi. Le Pot-au-Feu !

Jeanne

Péage de Mantes-la-Jolie. Charles fait vrombir sa Ford Mustang. Au bout de la ligne droite couverte en si peu de secondes qu'aucun radar n'aurait pu le remarquer, il redevient raisonnable et règle son régulateur de vitesse sur 134 km/h. Il se renfonce dans son siège et laisse échapper une profonde expiration.

Six semaines qu'il attend ce moment-là. La fin du confinement, au moins sur le territoire métropolitain français. Pouvoir enfin quitter la limite du kilomètre, puis des cent kilomètres, et sans déclaration sur l'honneur. Retrouver de l'air. Certes il aurait pu trouver les moyens de tricher sur la réglementation, c'était quand un même un peu la base de son métier, mais ce même métier lui imposait également de ne pas en abuser, pour ne pas risquer d'être découvert. Alors il s'était employé à vivre le confinement comme tout un chacun, avec des sorties limitées et l'usage outrancier des moyens de télécommunications modernes. Et même plus que modernes pour tout un chacun, vu son métier.

Ce n'était pas tant du manque de contact avec ses amis qu'il avait souffert durant toute cette période. Charles n'avait pas d'amis. C'était l'atteinte à sa liberté de se déplacer qu'il ne supportait pas. Une atteinte qu'il ressentait comme une agression physique, lui l'amoureux des grands espaces, le claustrophobe refoulé, et le défenseur de la démocratie occidentale.

Heureusement, le discours de Sa Majesté l'avait revigoré. Vêtue de vert, elle avait su choisir les mots pour appeler le peuple à résister face à la pandémie, et même s'il n'était pas sur le sol de l'Angleterre, coincé qu'il était à Paris en pleine mission, Charles, plus précisément Sir Charles Hill depuis qu'il avait été anobli par la Reine en remerciement de son engagement sans faille auprès des services secrets britanniques, n'avait pu retenir un God Save the Queen vibrant à la fenêtre de son appartement à la fin de la retransmission du discours. Comme en écho aux applaudissements que son voisinage déclenchait tous les soirs en hommage aux soignants luttant contre la Covid.

Charles avait intégré les Services au sortir de ses études de droit à Oxford dans les années 70. Grand sportif, cerveau brillant amoureux des langues orientales et fervent défenseur des vertus du monde occidental libéral, il avait été très vite repéré par les agents recruteurs des services secrets qui eurent tôt fait de faire vibrer sa fibre patriotique et son amour pour Sa Majesté. Après deux années de formation, il avait fait ses preuves lors d'une courte mission en Égypte, avant d'être envoyé aux Philippines puis en Chine, où sa couverture consistait en l'importation de denrées agricoles diverses transitant par Hong Kong, ce qui lui donnait l'occasion officielle d'y transporter fréquemment des informations qu'on lui transmettait par ailleurs. Car Charles n'appartenait pas au Service Action. Son rôle consistait à se fondre autant que faire se peut dans la population et à servir de boîte aux lettres non diplomatiques ; et quand le besoin s'en faisait sentir, de support logistique à ses collègues dudit Service Action. Un métier qui en fait nécessitait bien plus de *self-control*, qui finissait souvent tout aussi mal, et dont le remède ultime était généralement une exfiltration rocambolesque qui n'avait rien à envier à celles de ses collègues Action.

Un métier qui nécessitait aussi de sérieuses capacités de double jeu. Il fallait savoir être convaincant et charmeur, et même capable de mener la vie normale des gens normaux du pays où il habitait. Tout en sachant rester anonyme de telle sorte à pouvoir être réaffecté ailleurs, le moment venu, que ce soit pour une autre mission, ou après une exfiltration devenue impérative.

Au fur et à mesure des missions, Charles avait pu exprimer tout son savoir-faire. Organisateur efficace de réseaux, il était devenu un rouage essentiel dans l'organisation des Services. Sa fonction lui permettait de s'installer quelques années dans des pays qu'il découvrait, et ça lui convenait tout à fait. Au détriment certes de la constitution d'une vie de famille normale, mais après tout, ce n'est pas ce qu'il recherchait. Il était avant tout amoureux de sa propre liberté, certainement par crainte de se voir enfermé dans un schéma bourgeois classique qu'il refusait. Pour compenser, il avait multiplié les conquêtes féminines, en prenant soin de ne jamais révéler sa véritable identité, ce qui était fort utile lorsqu'il décidait de disparaître à tout jamais en allant chercher des cigarettes. Et puis vint un temps où cette vie sentimentale futile l'avait lassé, comme tout lasse avec l'âge. Il s'était alors refermé sur des plaisirs simples. L'horticulture, la littérature et le badminton. De bonnes couvertures après tout, qui lui permettaient de garder tant soit peu contact avec la nature humaine.

Arriva ensuite le temps des honneurs, certes sans grandes pompes eu égard à la nature discrète des services rendus, et l'anoblissement par Sa Majesté elle-même. Un temps qui commençait à sentir le sapin. Alors lorsque l'affaire du Brexit arriva, il accepta aussitôt de monter un réseau d'espionnage en France pour en préparer les lendemains sur une terre qui ne serait peut-être plus une alliée. Et c'est ainsi qu'à l'âge canonique de 67 ans, Charles se trouvait coincé par la Covid-19 en pleine mission en France.

Six semaines qu'il attend ce moment. Quitter Paris et respirer, librement. Alors, dès la mise en œuvre du déconfinement, direction Trouville-sur-Mer, ce mardi 2 juin, pour aller prendre l'air de la mer. Il en profiterait pour aller relever ses boîtes à lettres normandes, car rien ne remplace le contact direct après des semaines de visioconférences cryptées.

Les kilomètres s'enchaînent. Tranquille. Un déjeuner rapide à la sortie de Maison-Brulée lui rappelle les saveurs de la gastronomie qu'il avait oubliées après toutes ces semaines de confinement à faire réchauffer au micro-ondes ses plats surgelés du Monop'. Une petite heure plus tard, Charles se gare sur le port de Trouville-sur-Mer. La mer est basse, signe que le temps va rester le même pour encore six heures au moins. L'hôtel jouxte le casino. Charles s'enregistre à la réception, affublé de son masque anti-virus de circonstance. La chambre est sobre, mais confortable, avec vue sur le port. Après une petite sieste réparatrice, Charles part faire un tour à pied de l'autre côté de la Touques, à Deauville, en empruntant la passerelle à marée basse. Les Planches et leurs parasols multicolores offrent une vision décalée. Comme si le temps s'était arrêté, prêt à repartir comme avant. Les parisiennes ne s'y sont d'ailleurs pas trompées. Elles sont déjà là, sur les Planches. Déambulant avec nonchalance, elles respirent. Charles a toujours été ému de les voir. Et il l'est encore, malgré le grand âge qu'il se reproche. Une coupe de champagne au Normandy. La pianiste y est séduisante, dans un cadre suranné mais tellement réconfortant. Charles se laisse aller à une deuxième coupe. L'heure du dîner approche. Charles veut le vivre à Trouville où il sait y trouver des restaurants-brasseries plus proches de l'ambiance qu'il souhaite avoir ce soir. Trop las pour revenir à pied, il hèle un taxi qui le ramène sur l'autre rive de la Touques. Charles hume une nouvelle fois cet air de liberté qui lui manque tant depuis des semaines. Les mouettes s'amusent au ras de l'eau. La passerelle a été relevée. Il se sent revivre.

Le long de son hôtel, un coupé Mercédès, immatriculé à Paris, tente de s'y stationner. Et y parvient. Une jolie blonde s'en extrait. Elle en retire une valise à roulettes du coffre du véhicule et se dirige vers la borne de stationnement. Charles est saisi par la grâce et le chic de cette femme au regard déterminé mais ne sachant trop que faire de son stationnement. Pris d'un élan irrépressible, Charles lui lance :

- Ne vous inquiétez pas, le parking est gratuit la nuit.
- Je vous remercie de votre sollicitude, lui répond-elle avec un sourire dévastateur. Je verrai demain ce qu'il en est.

Et de disparaître au milieu du parking, après un joli clin d'œil.

Charles n'en revient pas. Comment a-t-il pu adresser la parole à quelqu'un qu'il ne connaît pas et dont a priori il n'a aucun besoin professionnel ? Et qui plus est, à une femme aussi charmante ? Le confinement a certainement dû lui taper sur les sens.

La soirée est douce. Charles s'engage sur la jetée du port qui jouxte la Touques. La balise de port verte rive gauche, de l'autre côté, et la balise rouge rive droite, comme il se doit. Les gens flânent sur la plage. Charles se sent apaisé. Toutes ces années à courir de par le monde, sans cesse aux aguets, à sortir ses collègues du Service Action de pièges inextricables, quand ce n'était pas lui-même. À faire de jolies rencontres, notamment féminines, le temps d'un jeu de séduction nécessaire au travail, pour disparaître sans jamais laisser de trace, en s'assurant toutefois toujours que les relais, comme on les appelait dans les Services, ne manqueraient de rien une fois leur mission, pas toujours connue d'eux, accomplie. Mais ce passé avait fini par lui peser, sur lequel il ne pouvait pas bâtir d'avenir faute de pouvoir le dévoiler à qui que ce soit, sauf aux agents du Service évidemment. Alors lorsque Sa Majesté l'avait anobli, il avait ressenti cet honneur comme un signal : il lui fallait désormais changer de vie. Accomplir une dernière mission et se retirer sur cette petite île grecque qu'il avait découverte il y a quelques années à la lecture d'un roman étrange qui y mettait en scène des personnages littéraires de Marguerite Duras et Simone de Beauvoir. Car tout Anglais qu'il était, Charles aimait la langue et la culture françaises, et le charme des îles grecques.

Tout à ses pensées mélancoliques, Charles remonte la jetée, puis longe les bateaux de pêche amarrés au quai.

Arrivé au niveau de la halle aux poissons, il s'engage dans la rue des Bains et se poste à la réception de son restaurant favori.

- Bonsoir Albert, as-tu une table pour moi ce soir ?
- C'est bien complet avec ce déconfinement. Mais je vais essayer de vous arranger ça.
- S'il te plaît, oui.

Quelques minutes plus tard, Albert réapparaît.

- Si ça vous dit, il y a une possibilité. Une femme seule est installée au bout de la terrasse, et elle est disposée à vous laisser partager sa table avec elle. Je crois qu'elle s'ennuie un peu. Elle est plutôt jolie.
- Parfait, répond Charles. Je te suis.

Revêtu de son masque sanitaire obligatoire pour traverser la salle, Charles s'approche de la femme seule et se démasque.

- Comme c'est drôle de vous retrouver ici, lui lance-t-elle avec un beau sourire.
- Votre voiture n'a pas bougé. Je vous rassure.

Ils passent un agréable dîner, fait de fruits de mer et autres poissons du large. Elle s'appelle Jeanne, et elle possède une petite galerie d'art à Saint-Germain-des-Prés dont le fonds lui provient de l'héritage de son père, et qu'elle complète au gré de ses nombreux voyages de-ci de-là. De leur discussion sur son histoire personnelle, Charles l'estime avoir dans les cinquante ans tout juste. Lui-même se présente sous sa couverture française, à savoir négociant en vins de Bordeaux pour le compte d'une grande chaîne de distribution anglaise. La conversation va et vient, du Covid au Brexit, de la peinture de Hopper au cinéma de la Nouvelle Vague, du vélo électrique à la démographie mondiale, de la vacuité de l'âme au bonheur relatif de vivre la liberté de la solitude. Les desserts sont fabuleux, et les infusions parisiennes. Charles règle la note comme il se doit, sans autre commentaire de Jeanne qu'un simple sourire entendu.

La nuit est tombée. Charles invite Jeanne à poursuivre leur conversation en déambulant sur le port de Trouville, ce qu'elle accepte de bon cœur. Puis il la raccompagne jusqu'à son hôtel devant la porte duquel un bâillement furtif trahit la fatigue de Jeanne.

- Je suis épuisée, lui dit-elle. Mais ravie de cette

soirée inattendue.
- Avez-vous quelque chose de prévu demain, ose-t-il lui demander.
- A vrai dire, non.
- Puis-je vous proposer une excursion dans les alentours ?
- Bien volontiers après tout. Nous l'avons bien mérité après tout ce confinement, n'est-ce pas ?
- Je passe vous prendre à 10h00.

Fixant tendrement Charles dans les yeux, Jeanne fait un pas vers lui, lui jette un sourire renversant et l'embrasse sur les deux joues avant de lui adresser un « à demain » enjôleur.

Charles en reste bouche bée. Son cœur palpite comme celui d'un gamin de trente ans. Est-ce possible qu'à son âge il puisse enfin ressentir ce que tout un chacun rêve de ressentir un jour ? Lui le séducteur professionnel au service de Sa Majesté, se peut-il qu'enfin il puisse éprouver ce sentiment extraordinaire qu'est l'amour pour une femme ?

Tout bouleversé, il rentre à son hôtel et sombre dans un sommeil inquiet.

La nuit est rude pour Charles, traversée de rêves angoissants. Sa dernière exfiltration d'agents de Syrie avait été particulièrement difficile, avec le devoir d'abandonner sur place les relais locaux qui croyaient dans la loyauté des Services. Une mission qui déboucherait sur bien plus de dégâts collatéraux dans l'avenir que de profits à court terme. Une mission qui l'avait d'ailleurs décidé à mettre fin à sa carrière secrète après un ultime service à rendre, à savoir l'organisation d'un réseau d'informateurs sur le territoire français pour préparer le Brexit. L'idée des Services était simple. Il paraissait évident que dès le moment où le Brexit se mettrait en place, la collaboration entre services secrets britanniques et européens serait à coup sûr interrompue pendant quelques années. Et il était impensable que Sa Majesté reste sans informations de première main venant du Continent. Une mission délicate car il était tout aussi évident que les services secrets français se douteraient d'une telle initiative britannique et qu'après le Brexit chacun vivrait pour soi. Charles était l'agent idéal pour cette mission. Il n'était pas connu des services de contre-espionnage français, lesquels se livraient une guerre intestine avec les services d'espionnage de leur propre pays qui, eux, devaient certainement connaître Charles, mais qui bien évidemment ne fourniraient jamais aucune information sur lui. Une belle contre-embrouille en quelque sorte. Charles avait opté pour une organisation cloisonnée classique, dans laquelle aucun agent local ne connaissait qui que soit d'autre que lui, Charles. Et il préférait dans un premier temps se focaliser sur l'Aquitaine et la Normandie, territoires qui pourraient basculer un jour dans le camp du Royaume-Uni. Car Charles en était sûr, l'Europe était dans une impasse qui finirait par faire exploser les États en territoires régionaux prêts à réclamer leur indépendance. Et ce jour-là, la couronne d'Angleterre pourrait reconstituer le début d'un grand Empire.

Mais au matin, Charles n'a plus la tête à sa mission. Et même s'il a mal dormi, la perspective d'un dimanche au bras d'une magnifique blonde dans une région touristique qu'il adore est suffisante à chasser ses idées noires habituelles. Il se surprend même à fredonner autre chose que son air fétiche du matin, la Pavane pour une Infante Défunte.

- Bonjour Jeanne, avez-vous bien dormi ?
- Remarquablement bien, lui répond-elle. Je me laisse conduire aujourd'hui, enchaîne-t-elle en lui prenant le bras.

Ne sachant plus sur quelle planète il se trouve, Charles

emmène Jeanne à travers les rues de Trouville. Il n'en revient pas de ce bonheur soudain. Mais après tout, pourquoi ne pas essayer de vivre un instant ce dont tout le monde parle dans les magazines féminins et qu'il n'a jamais su expérimenter : le lâcher-prise. Car Charles est un grand lecteur de magazines féminins. Non pas pour ce qui y est écrit. Mais parce qu'ils sont les vecteurs de transmission de tous les messages codés des services secrets de la terre entière. Alors va pour la grande expérience du lâcher-prise !

Charles a toujours aimé le charme de Trouville, si éloigné et en même temps si proche de Deauville, de l'autre côté de la Touques. Une plus grande authenticité, peut-être, que celle qui se dégage de sa sœur jumelle, au sens où son histoire est plus ancienne et que son économie reposait sur l'agriculture et la mer bien avant que le tourisme ne devienne une manne essentielle. L'architecture mélangée de ses maisons de pêcheurs et des immeubles à balcon résidentiels. Ses hôtels surannés dont les propriétaires ont su redonner le lustre du Second Empire. Ses villas perchées à flanc de la colline qui trace le pourtour du vieux bourg. Une ville qui respire avant tout l'histoire et la tranquillité, bien avant l'opulence.

Au bout de la rue des Bains, incontournable pour qui

découvre Trouville se dit Charles, il décide de rejoindre les Planches par la rue de Paris. La mer se profile au loin, et avec elle son parfum poussée par un léger vent d'ouest. Charles en profite pour resserrer sa main droite sur la main droite de Jeanne accrochée à son bras gauche. Ce qui lui vaut un beau sourire en retour. Sur les Planches, le panorama est vaste. Avec au loin une kyrielle de bateaux de commerces cheminant sur le rail de la Manche. Prenant vers la droite sur la plage, Charles entraîne Jeanne vers les chars à voile. Une dizaine d'engins s'y croisent dans une atmosphère toute faite de vitesse et de légèreté. Le spectacle est remarquable.

De retour au port, Charles propose à Jeanne de continuer leur balade par une excursion en voiture vers Honfleur. Décapotant la Mustang, Charles invite Jeanne à y prendre place et se met en route. La route suit la côte et permet d'entrevoir de merveilleux points de vue sur la mer. Un court arrêt à Villerville en hommage à un certain Singe en Hiver. Puis l'arrivée sur Honfleur. Comme il aurait pu le prévoir, sa belle idée touristique fait un flop avec toute cette foule libérée du confinement qui envahit les parkings. Jeanne jouant avec les nerfs de Charles le laisse trouver une solution de remplacement, avant de le rassurer en lui demandant dans un éclat de rire de fuir vers l'intérieur des terres, là, tout de suite à droite. Le reste de l'après-midi fut une succession de visite de monuments tous plus romantiques les uns que les autres, de tasses de café et de thé accompagnés de scones, pour finir par un dîner léger dans les jardins au Normandy à Deauville.

- Ce fut une très agréable journée, Jeanne, lui dit Charles de retour devant son hôtel, incapable d'inventer quoi que ce soit d'autre pour lui souhaiter une bonne nuit.
- Venez, lui ordonne Jeanne sans autre forme de procès.

Charles ne dort pas trop non plus cette nuit-là, dans les bras de Jeanne.

Ils se lèvent tôt le lendemain matin et prennent leur petit déjeuner sur la terrasse de la chambre de Jeanne qui donne face à la mer. Elle part le jour même dans les profondeurs de la Normandie et de la Bretagne à la rencontre d'artistes peintres improbables mais à coup sûr plein d'avenir. Elle ne sera donc pas forcément très joignable dans les jours à venir. Sauf peut-être par textos. Ils échangent leurs contacts téléphoniques ainsi que leurs adresses et se séparent après un dernier baiser torride.

Pour la première fois de sa vie, Charles quitte une femme d'une nuit le cœur gros. Et si cette femme n'était pas qu'une simple conquête passagère après tout ? Et si pour une fois il se lâchait pour tenter de vivre avec quelqu'un ? Il a bien remarqué comment elle avait été séduite par sa classe et son intelligence, et même par son physique qui lui donnait bien moins que ses 67 ans, même si un peu plus que les 50-55 ans de Jeanne il faut l'admettre. Charles est donc résolu quand il sera de retour à Paris à poursuivre cette idylle qui prend corps.

Pour le moment, Charles regagne sa chambre sous le regard bienveillant et quelque peu admiratif du portier de l'hôtel de Jeanne. Arrivé à son hôtel, il y prend une douche revigorante, fait ses bagages, règle sa note à la réception, et se met en route vers Pont-Audemer où se trouve sa première boîte à lettres de la journée. En l'occurrence, il s'agit de Richard, âgé de 70 ans et ancien professeur à Cambridge où il dispensait des cours de géographie. Charles l'avait rencontré de visu pour la première fois dans une foire aux vins à Bernay, après l'avoir bien évidemment sélectionné parmi les fiches tenues à jour par le consulat d'Angleterre à Paris. Il avait fait mine de l'avoir rencontré des années auparavant lorsque son neveu était étudiant à Cambridge et les deux hommes avaient sympathisé. Quelques rencontres plus tard, Charles s'était ouvert de sa mission à Richard qui n'hésita pas une seconde à se mettre au service de Sa Majesté, ne serait-ce que pour donner un peu de piment à sa retraite.

Charles prend son temps pour rejoindre Richard chez lui de telle manière à y arriver à l'heure de l'apéritif.

    – Bonjour mon ami. Je viens voir si ta blanquette est bonne.
    – Bien sûr qu'elle l'est.

Tel est le mot de passe pour signaler que tout va bien et qu'ils peuvent parler en toute sécurité. Et donc se faire également la bise traditionnelle et nécessaire à l'accomplissement du protocole des Services, au mépris du Covid parce qu'ils en avaient vu bien d'autres évidemment. Après un bon déjeuner à passer en revue le moral des gens de la région face au Covid et de constater que de Brexit on ne parle plus, Charles prend congé pour se rendre en fin d'après-midi auprès de sa deuxième boîte à lettres.

    - Bonjour mon ami. Je viens voir si ta blanquette est bonne.
    - Bien sûr qu'elle l'est.

Phil a passé sa vie professionnelle dans le transport aérien. Essentiellement dans la représentation commerciale de compagnies aériennes un peu partout dans les pays de l'ancien empire colonial britannique. Ce qui lui a donné l'occasion de rendre déjà quelques services pour le compte de Sa Majesté. Charles l'avait rencontré de la même façon que Richard, lors d'une foire aux vins mais cette fois-ci aux Andelys. Phil était aussi un senior de 72 ans qui s'était retiré des affaires en s'installant au creux d'une boucle de la Seine. Et comme Richard, il avait accepté immédiatement de participer à la mission de Charles, histoire lui aussi de mettre un peu de piment à sa vie de retraité.

Après la bise traditionnelle, les deux hommes prennent un bon repas, discutent longuement, et fument un bon cigare avant d'aller prendre l'air au bord de la Seine.

- Tu vois Phil, je le sens qui arrive ce monde nouveau. Le Brexit va se déchaîner encore plus après le Covid. L'Europe a été tellement nulle dans cette affaire. Et les peuples vont se replier sur eux-mêmes. Nous, le Royaume Uni, nous avons pris de l'avance. Il nous faudra juste convaincre les Écossais qu'ils font fausse route.

Et ensuite, on embarque la Normandie et l'Aquitaine dans notre Empire renaissant.
- Oui. Et au-delà, ce seront à nos petits enfants de faire le reste.

La remarque familiale de Phil ramène Charles à ses pensées amoureuses. Où est Jeanne ? Que fait-elle ? Pourquoi ne répond-elle pas à ses textos ?

Ces interrogations tourmentent Charles pendant toute la semaine qui suit, alors qu'il multiplie dans le même temps les reprises de contact avec les agents de son réseau. Tous des résidents anglais retraités en France ravis de servir sa Majesté. Le week-end suivant, Charles rend visite à la galerie d'art de Jeanne à Saint-Germain-des-Prés. Mais il y trouve porte close. Charles sent une tristesse profonde l'envahir, de même qu'une fatigue insidieuse. Il en perd le goût et l'odorat. Et finit même par s'écrouler dans la rue deux jours plus tard.

Transporté aux urgences, il y meurt subitement d'une forme ultra virulente de la Covid-19.

Dans les jours qui suivent, l'ensemble de son réseau qu'il avait réactivé avec la phase de déconfinement fait son entrée aux urgences les plus proches. Et aucun n'en ressort vivant.

De quoi réjouir les services français de contre-espionnage depuis le temps qu'ils cherchent à se débarrasser de ce réseau de manière discrète.

- Franchement, je n'y croyais pas à votre plan Jeanne. Profiter de votre contamination à la Covid-19 pour aller séduire le chef de ce réseau britannique embryonnaire, et le contaminer à son tour, ni vue ni connue, pour qu'ensuite il contamine lui-même tout son réseau de vieux agents à risque sur un plan sanitaire, chapeau ! Le Ministre lui-même me prie de vous en féliciter.

- Merci mon Commandant. Pour une fois qu'être asymptomatique peut rendre service à la Nation, j'en suis très fière.

Le dahlia

Lorsqu'il poussa la porte de la quincaillerie, Jean-Gaston était cette fois-ci bien résolu.

Ça faisait trop longtemps que ça durait. Son obsession lui avait fait perdre tous ses amis, même les plus indulgents, même les plus amis. Il ne pensait qu'à lui, il ne parlait que de lui, quand il parlait. Alors ça avait fini par les gonfler, les amis. Et ils avaient disparu, les uns après les autres.

Faut dire qu'il était tellement beau, lui, le dahlia qu'il avait trouvé un jour par hasard dans le fond de son jardin. Comment était-il arrivé là ? Qui avait bien pu enfouir dans ce jardin le tubercule originel ? Il l'ignorait. Mais ce qui est sûr, c'est qu'il en était tombé pour ainsi dire amoureux, instantanément. Il avait alors entrepris de réaménager son jardin autour lui pour que le dahlia puisse respirer, profiter de la vie et resplendir, ce qui est quand même la vocation, si ce n'est la mission, d'un dahlia.

Jean-Gaston y consacra tout son temps, libre ou non. Il alla jusqu'à organiser des conférences dans son jardin avec d'autres jardiniers sur le thème des dahlias afin que celui qui était entré dans sa vie comprenne combien il comptait pour lui.

Le dahlia sembla comprendre dans un premier temps. Il devenait de plus en plus beau, d'année en année, ce que Jean-Gaston prenait, peut-être un peu vite, pour une preuve d'amour réciproque. Et puis le temps s'écoula. Jean-Gaston ne ménageait pas ses efforts pour entretenir son jardin qui n'avait plus qu'un seul objectif, le dahlia. Mais il sentait bien que cet entretien devenait de plus en plus difficile. Il avait beau ratisser sans cesse les alentours du dahlia pour empêcher qu'il n'étouffe, acheter de nouveaux râteaux à la pointe de la technologie pour être sûr de mettre tous les atouts de son côté, rien n'y faisait. Quelque chose qu'il ne comprenait pas s'était brisé. Le dahlia ne savait plus lui parler. Il devenait terne.

Le dahlia

Alors, lorsqu'il s'aperçut que sa cabane à outils, dans l'autre coin du jardin, était remplie de tous les râteaux qu'il s'était pris, et qu'il n'y avait plus de place pour un râteau de plus, il se rendit chez le quincailler.

- Encore un râteau ? lui demanda le quincailler.

- Non, lui répondit Jean-Gaston. Cette fois-ci, ce serait pour un sécateur.

Clins d'œil

Sorties d'Artistes - Véronique et les autres
Claude PUJADE-RENAUD – Le Désert de la Grâce
CÉSAR - Bellum Gallicum
OVIDE - Les Métamorphoses
LUCRÈCE - De Natura Rerum
SÉNÈQUE - Lettres à Lucilius
Dominique CHIPOT - En Pleine Figure
Jean ANOUILH - Antigone
Sergueï PROKOFIEV - Pierre et le Loup
La Bible - Noé et le Déluge
La Légende de Gilgamesh
Charles BAUDELAIRE - Le Spleen de Paris
Alexandre POUCHKINE - Nouvelles
Jean RACINE - Bérénice
Jean-Sébastien BACH - L'Art de la Fugue
Egon SCHIELE – Peintre
Terry GILLIAM - L'Armée des Douze Singes
Pierre SCHOENDOERFFER - Le Crabe-Tambour
Michel HAZANAVICIUS - OSS 117, Le Caire nid
d'espions
José GIOVANNI - La Scoumoune
Jean GIRAULT - La Soupe aux Choux
John LE CARRÉ - Retour de Service
Jean-Marie POIRÉ - L'Opération Corned Beef
Henri VERNEUIL - Un singe en Hiver
Harold BECKER - Le Code Mercury
Claude LELOUCH - Un Homme et une Femme
Maurice RAVEL – Pavane pour une Infante Défunte

TABLE